TODOS OS MEUS AMIGOS SÃO Super-Heróis

TODOS OS MEUS AMIGOS SÃO Super-Heróis

ANDREW KAUFMAN

Título original: *All my Friends are Superheroes*
Copyright: © Andrew Kaufman, 2003
Publicado originalmente por Coach House Books
Tradução para a Língua Portuguesa copyright © 2014 Texto Editores Ltda.
Todos os direitos reservados.

Diretor editorial: Pascoal Soto
Editora executiva: Tainã Bispo
Produtoras editoriais: Renata Alves, Maitê Zickuhr e Pamela Oliveira
Preparação: Cristine Akemi
Revisão: Iracy Borges
Diagramação: HiDesign Estúdio

Dados Internacionais de Catalogação na Publicação (CIP)
Angélica Ilacqua CRB–8/7057

Kaufman, Andrew

       Todos os meus amigos são super-heróis / Andrew Kaufman; tradução de Érico
Assis. – São Paulo : LeYa, 2014.
          176 p. : il.

       ISBN 978-85-8044-847-4
       Título original: *All my friends are superheroes*

       1. Literatura canadense 2. Ficção 3. Heróis I. Título II.
Assis, Érico

14-0051.   CDD: 813.6

       Índices para catálogo sistemático:
       1. Literatura canadense

2014
TEXTO EDITORES LTDA.
Uma editora do Grupo LeYa
Rua Desembargador Paulo Passaláqua, 86
01248-010 – Pacaembu – São Paulo – SP
www.leya.com.br

TODOS OS MEUS AMIGOS SÃO SUPER-HERÓIS

ANDREW KAUFMAN

Tradução: ÉRICO ASSIS
Ilustrações: TOM PERCIVAL

para Marlo

UM

SALA DE EMBARQUE

Tom e a Perfeccionista estão sentados na sala de embarque do Portão 23, no Terminal 2 do Aeroporto Internacional Lester B. Pearson. São 10h13. Tom observa a Perfeccionista conferir o endereço na bagagem de mão. Ela puxa a etiqueta. É a terceira vez que ela confere. Ela olha para o salão. Há mais pessoas do que cadeiras. Ela não entende por que ninguém senta na cadeira vazia à sua direita.

A cadeira da direita não está vazia. É ali que Tom está sentado. Para a Perfeccionista, Tom é invisível. Ele tenta convencê-la de que não é invisível desde 14 de agosto, a noite do casamento, seis meses atrás. Tom já tentou sussurrar e gritar. Já telefonou, mandou fax, telegrama e e-mail. Amigos em comum tentaram convencê-la de que Tom não é invisível. Eles enxergam Tom. Ela não. Tom só é invisível para a Perfeccionista.

Eles têm quinze minutos até a hora de embarcar no voo AC117 com destino a Vancouver. A Perfeccionista não tem ideia de que Tom está ao seu lado. Ele leva a mão à nuca da Perfeccionista; ela começa a soluçar. Ela soluça sempre que Tom toca em sua cabeça. Quando ele toca na perna, ela tem espasmos. Quando toca nas costas, ela espirra. Tom remove a mão da nuca da Perfeccionista e a coloca no seu próprio colo. A Perfeccionista para de soluçar.

O relacionamento dos dois nunca foi tranquilo. A Perfeccionista é uma super-heroína. A fonte de seus poderes é sua mania por organização. Ela é tão maníaca que faz as coisas se organizarem com a mente. Tom não é super-herói, embora a Perfeccionista não seja a primeira super-heroína que ele já namorou.

A primeira namorada super-heroína de Tom foi Quemsabe. Ela tinha cabelos ruivos, corpo *mignon* e possuía dois superpoderes: a incrível capacidade de pensar grande e a infinita disposição para procrastinar. Quemsabe nunca tinha usado seus superpoderes em conjunto até uma manhã de domingo, três meses depois de começar a namorar com Tom. Eles estavam deitados na cama. Quemsabe olhava para o teto.

– Imagine só – disse Quemsabe.

– Hummmm – disse Tom, que beijava as sardas no ombro de Quemsabe.

– Um dia vamos nos casar, ter uma casa. Vamos ter filhos... – ela disse.

Tom parou de beijar o ombro sardento. Parou de mexer os dedos. Os dois conseguiam ouvir o zumbido da geladeira.

– ... quem sabe – Quemsabe completou o pensamento.

No instante em que disse isso, Quemsabe encolheu. Foi uma coisa que começou a acontecer com frequência.

– Vou pintar o banheiro... – ela dizia.

– Não termine a frase! – berrava Tom.

– ... quem sabe – Quemsabe dizia. E encolhia.

Toda vez que Quemsabe usava os poderes em conjunto, ela encolhia, e toda vez que isso acontecia, ela encolhia um pouco mais. Quando eles haviam se conhecido, em março, Quemsabe tinha 1,62 m. Em maio, estava com 1,39 m. Em fins de agosto, 28 cm. Em outubro, ela já dormia na bolinha de algodão que vinha com o pote de aspirina.

A última vez que Tom a viu foi em dezembro, por meio de um microscópio. Ela estava do lado de uma partícula de poeira.

– Estou com saudade, Quemsabe! – Tom disse a ela.

– Quem sabe um dia não esteja – ela disse.

E desapareceu.

A segunda namorada super-heroína de Tom foi a Garota TV. Quando criança, Garota TV adorava televisão. Ela tinha uma simpatia pelas pessoas da televisão que era diferente da que tinha pelas pessoas da vida real. Ela assistia tanta televisão e dava tanta atenção àquelas pessoas que sua conexão com a TV chegou ao nível biológico. Ela começou a chorar televisões. Quando a Garota TV ficava triste, televisõezinhas começavam a escorrer pelo seu rosto.

Tom não foi muito legal com a Garota TV. Ele não tinha televisão. Ele ia ao apartamento dela e a tratava mal só para que ela chorasse.

Na recepção de seu casamento, Tom foi apresentado ao Garoto Sitcom. Tom não sabia que Garoto Sitcom era o irmão mais velho da Garota TV. Tom estendeu a mão para cumprimentá-lo. Garoto Sitcom cerrou o punho e deu um soco na boca de Tom.

– Cara, ela é minha irmã! – disse Garoto Sitcom.

– Quem? – Tom perguntou.

– A Garota TV! Você a fez se sentir como Mallory, quando ela namorava o melhor amigo da Alex na faculdade.

Tom levou um guardanapo aos lábios. Não revidou. Sabia que havia feito por merecer aquele soco na boca – talvez não na noite do seu casamento, mas merecia. Todos os convidados fizeram uma roda em volta de Tom e do Garoto Sitcom. Hipno percebeu que era sua chance.

Apenas a Perfeccionista notou que Hipno estava indo na direção dela. Ela não tinha medo dele. Ela conhecia o jeito dele. Era o que ele tinha feito quando eles se conheceram. Ele entrava na lanchonete onde ela trabalhava. Ficava sentado sozinho no balcão bem na hora do almoço, quando ela estava mais atrapalhada.

– Quero café – Hipno ordenava. Ele passava a mão em frente ao rosto dela. Ele a hipnotizava.

A Perfeccionista deixava tudo de lado. Pratos de hambúrguer esfriavam sob as lâmpadas porque ela fora preparar café novo, só para ele. Ela enchia uma xícara e levava direto para Hipno. Colocava a xícara na frente dele.

– Como você fez isso? – perguntou a Perfeccionista.

– Você é uma boa pessoa – Hipno respondeu.

– E daí?

– Você quer me servir bem.

– E daí?

– Eu hipnotizei você. Mas não se pode hipnotizar alguém a fazer algo que essa pessoa já não queira. Eu só concedo permissão – disse Hipno. Ele bateu com a colher na borda de sua xícara e hipnotizou-a a crer que o sexo com ele seria o melhor de sua vida. Ele e a Perfeccionista tiveram tórridos três meses de namoro.

– Não é porque você é hipnotizada a acreditar que foi o melhor sexo da sua vida que não foi o melhor – era assim que a Perfeccionista lembrava de seu relacionamento. Para Hipno, o sentimento era muito, muito mais profundo. Ele ainda estava apaixonado pela Perfeccionista quando a abordou na recepção do casamento.

A Perfeccionista ficou parada. O *timing* dele era perfeito; uma briga estava acontecendo perto da mesa do buffet de camarão. Ninguém ia notar se ele fizesse uma cena. Hipno a abraçou. A Perfeccionista devolveu o abraço. Era o casamento dela. Ela não precisava da permissão de ninguém para fazer o que quisesse.

– Parabéns – ele sussurrou.

– Hein? – perguntou a Perfeccionista.

– Parabéns – ele sussurrou, ainda mais suave.

– Hein? – a Perfeccionista perguntou de novo. Ela não conseguia ouvi-lo. Ela virou a cabeça. Deixou a orelha na direção de Hipno. Ele se curvou e sussurrou.

Só O Ouvido ouviu o que Hipno disse. O Ouvido estava no banheiro trocando o algodão dos ouvidos. Havia acabado de tirar o algodão usado. O algodão novo estava nas suas mãos. Sua audição estava no auge do afinamento.

O Ouvido ouviu a briga entre Tom e Garoto Sitcom. Também ouviu alguém sussurrando em meio à luta.

"Você tem medo porque ele não é que nem a gente?", escutou O Ouvido. Reconheceu a voz de Hipno. O Ouvido não sabia com quem Hipno estava conversando. A outra pessoa não dizia nada.

A Perfeccionista não dizia nada porque não conseguia pensar. Nunca lhe haviam feito aquela pergunta e ela percebeu que nunca se permitira pensar sobre o assunto. Ela mordeu o lábio inferior. Fez que sim.

– O que você vê nele? – perguntou Hipno.

– Eu... eu... não sei – respondeu a Perfeccionista. Ela sabia que amava Tom, mas de repente não sabia por quê.

Ao ouvir a voz da Perfeccionista, O Ouvido saiu correndo do banheiro. Tentou passar aos empurrões pela multidão que circundava Tom e Garoto Sitcom. Continuou ouvindo.

"Aliás", O Ouvido ouviu Hipno sussurrar, "acho que você não vê nada."

– Não, Perfê! – gritou o Ouvido.

Mas O Ouvido chegou tarde demais. A Perfeccionista estava hipnotizada. Tom havia virado invisível aos olhos dela.

DOIS

TODOS OS AMIGOS DELE SÃO SUPER-HERÓIS

Uma turma de crianças passa por Tom, todas dando as mãos e vestindo as mesmas camisetas azuis. Ele inclina-se na cadeira desconfortável do aeroporto e vê elas irem embora. Com o cuidado de não a tocar, Tom aproxima-se da Perfeccionista. – Enxergue-me, por favor – ele implora. – Você tem que me enxergar antes de chegarmos em Vancouver.

É verdade. A Perfeccionista está de mudança para Vancouver. Ela já despachou a mudança e alugou apartamento. Assim que o voo AC117 aterrissar em Vancouver, ela vai deixar tudo para trás, inclusive Tom. Todo sofrimento, toda mágoa, todo amor que ela tinha por ele vai sumir. Ela vai fazer Vancouver ser perfeita. Esse é o seu poder. Faz seis meses que ele sumiu. Seis meses já bastam.

Foi o Anfíbio que tirou Tom de cima de Hipno naquela noite. Ele deixou Tom acertar cinco murros. Hipno estava no chão, com o nariz sangrando. O Anfíbio decidiu que cinco era o bastante. Pegou os braços de Tom e o tirou de cima de Hipno.

Tom resistiu. O Anfíbio teve de usar toda sua força para manter os braços de Tom presos às costas.

– Mais um! – Tom gritou.

– Não vai ajudar em nada – disse o Anfíbio.

– Mais um! – disse Tom.

– Não vai ajudar – disse o Anfíbio.

Os braços de Tom caíram. Ele parou de resistir. Hipno esboçou um sorriso. Tom cuspiu na cara de Hipno. Aliás, ele nem queria ter convidado Hipno para o casamento.

Hoje Anfíbio e Tom são grandes amigos, mas Tom não conhecia ninguém quando se mudou para a cidade. Ele tinha conseguido emprego de limpador de piscinas. O verão já estava acabando e Tom não tinha outro trabalho à vista. Estava drenando a água de uma piscina que não tinha limpado dentro do prazo. A água estava com um tom verde-escuro. Os donos da piscina estavam viajando há meses e voltariam no dia seguinte. A piscina tinha de ficar seca e havia algo entupindo o ralo.

Tom tirou os sapatos. Tirou os shorts e a camiseta. Pulou nu na piscina e nadou até o fundo.

Era impossível abrir os olhos por conta dos produtos químicos. Ele foi tateando com as mãos. Seus dedos encontraram uma coisa pegajosa. Era firme no meio, mas a parte de cima parecia mole. Tom puxou. Seja lá o que fosse, estava grudada firmemente no fundo da piscina.

Tom posicionou os pés no fundo da piscina, empurrou com as pernas e conseguiu soltar a coisa, seja lá o que fosse. Entreabriu os olhos. O que viu o fez perder o fôlego. Tom engoliu um bocado de água com cloro e subiu à superfície o mais rápido possível.

A coisa foi mais rápida. A coisa saiu direto da piscina.

Tom não queria sair da piscina, sabendo que a coisa o aguardava. Ele nadou em volta, tentando descobrir o que fazer. Acabou ficando sem fôlego e teve de ir à superfície.

– Obrigado! – disse o Anfíbio.

Tom olhou para a pele verde e os dedos do pé e da mão do Anfíbio, colados entre si, como os de um sapo. Achou que o Anfíbio estava prestes a arrancar cada um de seus membros, mas ficou aliviado quando não aconteceu o que esperava.

– Não foi nada – respondeu Tom.

– Qual é o seu superpoder? – perguntou o Anfíbio.

– Superpoder?

– É, superpoder, sabe?

– Eu não tenho – Tom disse. – Eu sou normal.

– É mesmo? – disse o Anfíbio.

Tom nadou até a borda. Eles apertaram as mãos.

O Anfíbio apresentou Tom a todos os seus amigos. Todos os amigos do Anfíbio eram super-heróis. Os amigos do Anfíbio viraram os amigos de Tom. Hoje, todos os amigos de Tom são super-heróis. Mas como todo mundo tem um superpoder, e todo mundo que eles conhecem tem superpoder, eles não acham que ter superpoder é especial. Eles acham que o especial é não ter superpoder. Não imaginam como alguém vive a vida sem ter superpoder. Acham inacreditável.

– Embarque dos passageiros das fileiras 14 a 34. Fileiras 14 a 34, embarque imediato – anuncia a funcionária da companhia aérea.

A Perfeccionista pega sua bagagem de mão. Vai para a fila. Tom espera na sua cadeira. Ele odeia ficar em fila quando não precisa ficar em fila; a Perfeccionista não consegue ver uma fila sem entrar nela. Naquele caso, eles ficariam separados de qualquer forma.

TRÊS

CARDIOMECÂNICA AMBROSE

Na primeira semana da invisibilidade, Tom não parava de seguir a Perfeccionista. Há vantagens em ter uma amada que crê que você é invisível. Ele via a Perfeccionista vestir-se e despir-se. Ele via o que ela assistia na televisão quando ela achava que ele não estava lá – geralmente programas de auditório e reprises. Ele a via separar a roupa suja por cores. De certa forma, sua invisibilidade permitia que ele fosse mais íntimo dela, mas ao mesmo tempo mais seguro, e por isso ele se sentia ainda mais apaixonado.

Quatro semanas após a recepção, numa quarta-feira, a Perfeccionista chegou em casa com um maço de cigarros. Ela nunca havia fumado. O hábito veio rápido. Começou a fumar na mesa da cozinha, fazendo flutuar anéis de fumaça. A Perfeccionista passou quatro dias consecutivos sentada na mesa da cozinha, soltando anéis de fumaça. Seus dedos ficaram amarelos. Ela não fazia mais nada. Só esperava que Tom voltasse.

Naquela noite, Tom começou a ter dores no peito. O primeiro acesso foi às 22h00. A dor era aguda e persistente. Ele se curvou, e aí a dor passou. O segundo acesso aconteceu duas horas depois; pela manhã, os acessos estavam acontecendo a cada dez minutos. A Perfeccionista estava dormindo e ele sabia que não podia tocar nela. Chamou o Anfíbio.

– E aí? – disse Tom.

– E aí? – disse o Anfíbio.

– Ahhhh – disse Tom. Uma dor irrompeu em seu coração.

– O que está acontecendo?

– Dor no peito.

– Aguda e persistente?

– É.

– Vai e volta?

– Sim!

– Cada vez com frequência maior?

– Agora demora menos de dez minutos para voltar.

– Eu vou mandar um médico.

– Médico de quê?

– Ele é o melhor que há.

– Me diz que médico!

– Seu coração está se partindo – disse o Anfíbio.

Ambrose, o médico do Anfíbio, levou dez minutos para bater na porta de Tom.

As mãos de Ambrose eram grossas. Seus dedos eram musculosos e as juntas eram saltadas e pareciam funcionar bem. Ele puxou um lenço vermelho do bolso de trás e limpou o rosto. – Você que é o cara do coração? – ele perguntou a Tom.

– Sou eu.

Ambrose tirou o boné de beisebol. Colocou de volta na cabeça. Ergueu as sobrancelhas. – Eu não tenho o dia todo...

Tom deixou Ambrose entrar.

– Onde é a cozinha? – Ambrose perguntou.

Tom conduziu Ambrose pela sala de estar até a cozinha. Os olhos de Ambrose pararam na mesa da cozinha.

– Essa aguenta? – perguntou Ambrose, apoiando todo seu peso contra o canto da mesa. Ele ajoelhou-se e examinou os encaixes. – Vai ter de aguentar – disse ele, e começou a tirar os pratos do café da manhã e os jornais. – A roupa – ele ordenou.

Tom começou a desabotoar a camisa.

Ambrose apontou para a mesa da cozinha. – De bruços – ele disse.

Tom subiu na mesa da cozinha. Estava nu. O linóleo do tampo da mesa gelou sua bochecha.

Ambrose estalou uma luva de borracha na mão direita. Depois, enfiou um dedo no ânus de Tom. Tom arfou. Ambrose tirou o dedo e Tom sentiu um *pop* no peito. Ambrose virou-o de lado e Tom percebeu que seu peito havia sido aberto como um capô de carro. Ambrose ergueu o peito de Tom, aparando-o com uma costela em ângulo de 45°. Começou a fuçar.

– Pense na sua namorada – Ambrose ordenou.

– Esposa – disse Tom.

– Que seja, só pense no rosto dela.

Tom imaginou o rosto da Perfeccionista.

– Agora pensa no que ela tem de melhor – Ambrose instruiu-o.

Tom imaginou o nariz da Perfeccionista. Sentiu a mão de Ambrose em seu coração. Tom fazia inspirações curtas. Ambrose tocou atrás de seu coração. Apertou a parte de baixo e um esguicho de sangue o atingiu no rosto.

– Pode ser aí o problema – disse Ambrose, levando a mão ao bolso de trás, agarrando o lenço e limpando o rosto.

– O quê? O que foi?

– Quando foi que você mandou limpar essa área pela última vez?

– Eu nunca mandei limpar.

– Pois é – disse Ambrose. – Eu vou precisar da Stewart.

A Stewart era uma ferramenta comprida e pesada que Ambrose usava raramente e que ficava na caçamba da sua picape. Ambrose deixou Tom nu em cima da mesa e saiu.

Tom ouviu a porta do apartamento abrir e fechar. Ambrose passou quinze minutos fora. Tom continuou deitado na mesa da cozinha. Ele torceu o pescoço para baixo e para a direita e enxergou seu coração batendo.

Ambrose voltou carregando uma caixa de ferramentas. Tirou dela um instrumento comprido e afiado, de aço inoxidável. Era a Stewart. o médico segurava-a com as duas mãos.

– Respire bem fundo – Ambrose instruiu. – E pense na primeira vez que se beijaram.

Tom visualizou o apartamento horrível no qual ele morava, que ficava no porão. A pior coisa dele era o chão de linóleo da cozinha, cheio de marcas de botas e queimaduras de cigarro. O chão já fora branco, mas havia virado um cinza que sempre parecia sujo.

A Perfeccionista não suportava aquele chão. Numa quarta-feira, cinco dias após o primeiro encontro oficial, ela apareceu com dois baldes de tinta azul-clara e dois pincéis de rolo.

– Ótima ideia – disse Tom.

Eles começaram a pintar o chão. Começaram no ponto onde o carpete encontrava o linóleo. Foram da frente para trás, em ritmo acelerado. Pintavam o que estava à frente, aí arredavam alguns passos e pintavam o resto. De repente, os pés deles bateram na parede dos fundos da cozinha. Só faltava pintar aquele canto onde estavam. Tom ergueu o olhar e a Perfeccionista estava sorrindo.

– O que a gente faz agora? – Tom perguntou.

A Perfeccionista beijou-o (com perfeição).

Tom lembrava deste momento enquanto sentia a ferramenta empurrando sua aorta. A dor era inacreditável de tão aguda. Tom abriu os olhos. Pendeu o pescoço. Viu um fantasminha sair de seu coração.

Tom reconheceu o fantasma. Era Jessica Kenmore. A cabeça dela, depois o peito, depois a bacia e, por fim, as pernas saíram espremidas do seu coração. Ela começou a voar para o alto e dissipou-se pouco antes de tocar no teto.

Ambrose fez mais força na ferramenta. Surgiu a cabeça de Sally Morgan. O peito de Sally Morgan saiu, depois os pés. Ela saiu flutuando e dissipou-se antes de tocar no teto.

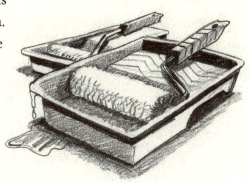

A seguir veio Nancy Wallenstine. Depois, Sara Livingston. Depois, Debbie Cook.

– Jesus Cristo, quantas você tem aí? – Ambrose perguntou.

– Deve ter mais uma – Tom disse.

Tom agarrou-se à beirada da mesa da cozinha. Cerrou os dentes. Ambrose fez mais força com a ferramenta. A cabeça de Jenny Remington rebentou de seu coração.

Jenny Remington soltou-se e saiu a flutuar acima de Tom. Ela olhou para ele. Parecia muito triste. Continuou olhando-o nos olhos, até se dissipar.

Tom fechou os olhos. Respirou fundo, bem fundo. Sentia a Stewart toda vez que seu coração batia.

– É, acho que não deu – disse Ambrose, removendo a Stewart do coração de Tom.

– Hein?

– Ainda está quebrado. Bom que deu pra limpar. Você não vai mais sentir dor, mas ainda está quebrado.

– Não dá pra consertar?

– Não. Quebrou a peça toda, e quando quebra assim, não há o que fazer – disse Ambrose, limpando a Stewart com o lenço do bolso de trás. – Quem sabe se remenda sozinho. Às vezes isso acontece.

Ambrose encaixou o osso da costela de volta. Segurou a tampa do peito de Tom pela ponta dos dedos e soltou. Arrumou as ferramentas, balançou a cabeça e, sem dizer mais uma palavra, foi embora.

QUATRO

NORMAIS

– Lembramos que todos os passageiros devem apresentar identificação junto ao cartão de embarque – a funcionária da companhia aérea anuncia pelo sistema de som. – Apresentar identificação junto ao cartão de embarque.

Tom enfia a mão no bolso do casaco. Ele tem identificação e cartão de embarque para o voo AC117. Seu assento, o E27, fica ao lado do da Perfeccionista. Mas ele não tinha despachado mudança para Vancouver. Tinha pagado mais um mês de aluguel do apartamento. Tinha passagem de volta.

Tom está tão apavorado que torce para ser super-herói. Ele nunca quis ser super-herói. Há uma chance de que ele seja. Todos os super-heróis nascem super-heróis, mas alguns, durante certa parte da vida, parecem normais. Os superpoderes ficam lá dentro, dormentes, esperando o acontecimento certo para se ativar. Tom não sabe de que outra maneira conseguirá fazer com que Perfeccionista enxergue-o.

Ele guarda a identidade e o cartão de embarque no bolso do casaco. E pensa no Homem Sem Sombra.

Antes de o Homem Sem Sombra ser o Homem Sem Sombra, o Homem Sem Sombra era Henry Zimmerman. Um cara normal. Ele sempre sabia quando a torrada ia saltar da torradeira. Era comum ele abrir a lista telefônica na página exata do número que procurava e encontrar dinheiro na rua. Mas nunca havia acontecido algo de absurdamente estranho, nada que sugerisse que ele era super-herói.

Então, numa quarta-feira, ele acordou às 6h34. Era muito cedo para Henry Zimmerman. Sua sombra estava sentada à beira da cama.

– Eu vou embora – sua sombra lhe disse.

Zimmerman apoiou-se sobre o cotovelo. Estudou a própria sombra. Ela parecia tão pequena.

– Você não está feliz? – ele perguntou à sua sombra.

– Não.

– Então pode ir.

A sombra de Zimmerman hesitou. Ela fez que sim com a cabeça, um meneio quase imperceptível. E pôs-se de pé. A sombra caminhou pelo quarto e fechou a porta ao passar.

Henry Zimmerman havia se tornado o Homem Sem Sombra. Naquela noite, ele preparou *fettuccine* com molho Alfredo para a esposa. Era a primeira vez que cozinhava para ela em dois anos e meio. Tomaram vinho. Ele a fez rir. Já haviam aberto a segunda garrafa quando foram para a cama.

O Homem Sem Sombra começou a praticar corrida. Trabalhos domésticos, como passar aspirador de pó, tornaram-se praticamente uma diversão. Nos dias ensolarados, o Homem Sem Sombra olha para baixo e percebe a ausência de sua sombra. Lembra-se dela com carinho e passa alguns segundos se perguntando onde estará. Mas não acontece com frequência.

O Homem de Negócios também já foi normal. Ele era Lewis Taylor, até que sua BMW começou a soltar fumaça na hora do *rush*, no meio do distrito financeiro. Era uma manhã fria de quarta-feira, -17°C e vento gelado. Os carros estavam enguiçando em toda a cidade. A seguradora não dava conta.

Lewis ficou sentado no carro, esperando o guincho, esfregando os braços e batendo os pés. Ele não ouviu rádio. Tinha medo que esgotasse a bateria. Só lhe restava ficar observando os pedestres. Decidiu adivinhar o valor monetário de cada um.

O primeiro pedestre que passou era uma senhora de idade vestindo um grande sobretudo de lã. Lewis tentou adivinhar seu valor líquido e descobriu que não precisava. Ele conseguia ver através das roupas dela, dentro da carteira. Contou dezessete dólares. Descobriu também que podia ver a conta bancária através do cartão do banco. Ela tinha 400 dólares na poupança e estava negativa na conta-corrente.

Lewis Taylor havia se tornado o Homem de Negócios. O guincho ainda não havia chegado. O Homem de Negócios ficou sentado no carro calculando o valor líquido de cada pessoa que passava e percebeu algo peculiar. Enquanto algumas pessoas valiam milhões e outras estavam com dívidas feias, todas pareciam cansadas, preocupadas. Concluiu então que só existe uma quantia de dinheiro: a que nunca é o suficiente.

O único outro ex-normal que Tom conhece é o Homem Impossível. O Homem Impossível era Ted Wilcox até uma quarta-feira em abril. Ted havia passado os últimos treze meses tentando fazer fogueiras debaixo d'água. Antes disso, passara três anos tentando criar métodos de preservar vapor, sem sucesso. E ainda antes disso, durante um ano, tentou caminhar sobre a água. Ted estava caminhando pela rua quando se deu conta de que tudo aquilo era impossível. E que podia parar de tentar.

Tom afunda na sua cadeira de plástico da sala de embarque. Torce para que seja uma quarta-feira. Mas não. É terça-feira.

A MOÇA QUE CAI

A Moça Que Cai nunca sobe além do segundo andar de um prédio. Ela nunca pôs os pés em sacadas e senta-se apenas no chão. Pequena amostragem de lugares dos quais já caiu: árvores, carros, na real, janelas do primeiro andar, cavalos, escadas, bicicletas, carrinho de bebê, diversos balcões de cozinha e joelho da avó.

Numa noite de inverno, fumando ao lado do Ouvido, ela puxou as cobertas para si e admitiu no que nunca havia caído: de amores.

– Se soubesse que é assim, eu já teria caído, ela disse. Então ela se inclinou para usar o cinzeiro e caiu da cama.

A BATERIA

Durante a juventude, a Bateria tinha duas coisas: um pai dominador e uma mente hiper-rebelde. Combinadas, estas forças lhe deram a capacidade de armazenar grandes quantidades de energia emocional e emiti-las em um raio cegante. Mas cuidado: a Bateria não é fiel nem ao bem nem ao mal, ela simplesmente atinge aquilo que estiver à sua frente. Seja amigo, inimigo ou observador inocente – as erupções de energia emocional da Bateria são imprevisíveis e ela ataca a esmo.

O SOFAZEIRO

Dotado da capacidade de sobreviver são e safo sem emprego, sem relações duradouras ou residência permanente, o Sofazeiro é encontrado de sofá em sofá pelos apartamentos de amigos em toda a cidade.

O Sofazeiro não só consegue aguentar longos períodos de pobreza extrema, mas também se sustenta nutricionalmente apenas com punhados de cereais matinais, fatias de pão seco e condimentos. Misteriosamente, sempre está em posse de cigarros.

PILHA DE NERVOS

Se você chega numa festa e de repente se sente totalmente relaxado, há uma grande chance de que a Pilha de Nervos esteja por lá. Dotada do poder de absorver o estresse de qualquer pessoa num raio de quinze metros, a Pilha de Nervos é convidada a toda festa, toda ocasião.

Seu poder origina-se da criação católica ferrenha.

A DANÇARINA

A Dançarina comunica-se diretamente com Deus, de modo similar a uma linha telefônica privada. Seu telefone é seu corpo, e para telefonar ela precisa dançar. Assim, sua dança é muito, muito sensual.

Antigamente, quando saía para dançar, os caras ficavam azarando ela sem parar. A Dançarina não gostava. Aliás, odiava. Não era sua intenção. Ela só queria conversar com Deus. Quase desistiu de dançar. Então teve uma ideia.

Hoje, antes de sair para dançar, a Dançarina sobe numa fotocopiadora e faz fotocópias da sua vagina. Quando os caras vêm dar em cima dela, ela entrega uma cópia.

CINCO

O MONSTRO DA ANSIEDADE

A Perfeccionista ainda não embarcou. Tom observa enquanto ela espera na fila. Ela dá um micropassinho. Coloca a bolsa no chão. Espera que o homem à sua frente dê um micropassinho. Ele dá o micropassinho. A Perfeccionista pega sua bolsa, joga por cima do ombro e dá um micropassinho. Solta a bolsa. E espera.

Tom se contorce na cadeira de plástico. Tenta olhar para o lado. Ele nunca faria o que ela faz. Ficaria extremamente ansioso, algo que aprendeu a evitar ao fim de seu primeiro encontro oficial com a Perfeccionista.

O jantar fora em um restaurante de culinária italiana. O filme era preto e branco. Enquanto caminhavam até em casa, seus braços encostaram-se três vezes. Ela convidou-o para subir e preparou café. Eles sentaram-se a dez centímetros de distância no sofá branco da Perfeccionista.

A Perfeccionista inclinou a cabeça levemente para a direita. Tom engoliu em seco. Ela havia se inclinado na direção dele. Ela fechou os olhos. Alguém bateu na porta.

– É só ignorar que ele some – disse a Perfeccionista. Ela inclinou-se mais. Tom sentiu a respiração dela em seus lábios. Outra batida na porta.

– Eu... eu vou atender – disse Tom.

A Perfeccionista soltou um suspiro. Tom limpou as mãos na calça jeans. Levantou-se do sofá e abriu a porta. Quase não teve tempo de reagir – o monstro na porta queria arrancar seu rosto com as garras.

Tom bateu a porta contra ele. Trancou. Segurou-a com as costas. A criatura começou a gritar. Parecia um liquidificador.

– Era grande? – perguntou a Perfeccionista.

– Hein? – Tom berrou. A criatura gritava alto.

– Era grande?

– Sim!

– Tinha unhas pontudas?

– Tinha!

– Braços compridos e cascudos?

– Sim!

– Fedia a cigarro e xarope para tosse?

– Esse mesmo!

– É o monstro da ansiedade – disse ela. – Vou tomar banho.

– Hein? – Tom gritou.

– Não é pra mim, é pra você. Vou tomar banho – ela reafirmou. Tom não respondeu. Suas costas estavam pressionadas contra a porta do apartamento. Ela viu o terror nos olhos dele.

– Você me ama? – ela perguntou.

Tom a amava. Fazia quatro meses que estava apaixonado por ela. Lembrava do dia exato em que aconteceu. Havia nevado durante a noite e o chão de linóleo estava gelado. Tom vestia apenas um roupão. Quando chegou à porta, ela bateu de novo (com perfeição). Ele sabia que era a Perfeccionista. Ele tivera tempo de tomar banho? De escovar os dentes? Ao menos conseguira arrumar aquele cabelo de quem acabou de se levantar?

– Tom? – perguntou a Perfeccionista, do outro lado da porta. Sua voz parecia triste, preocupada, apequenada. Tom abriu a porta. A Perfeccionista ergueu o olhar. A neve se derretia e caía de suas botas sobre o carpete de entrada. Ela ergueu a mão e passou-a pela cabeça de Tom. Num instante, seu cabelo ficou perfeito. Era o melhor penteado que ele já tivera. Ele convidou-a a entrar.

A Perfeccionista sentou à beira da poltrona. Começou a morder a unha. Ela não sabia por que estava ali. – Por que o Tom? – ela se perguntava. Ela nem o conhecia tão bem. Por que ela não tinha ido à casa do Anfíbio ou do Hipno, seu namorado?

– O que foi? – Tom perguntou.

– A neve – ela disse. – Eu não consigo organizar os flocos.

Tom ainda não estava apaixonado; só tinha uma queda por ela. Por isso ficou se perguntando por que ela faria uma coisa dessas. Mesmo assim ele se vestiu e eles saíram para olhar a neve.

Já estava em dez centímetros. Estava tudo coberto. As calçadas ainda não haviam sido limpas e as pessoas deixavam trilhas ao atravessar a camada de gelo.

– Eu tentei organizar mas não consegui – ela disse. Seus olhos eram luas cheias. Parecia que ela havia parado de piscar. Tom não sabia o que fazer.

– Feche os olhos – Tom disse à Perfeccionista.

– Mas eu ainda enxergo – a Perfeccionista disse a Tom. Ela começou a tremer sem parar.

– Quem sabe se a gente tentar uma coisa – disse Tom.

Ele foi até seu carro. Ajudou a Perfeccionista a sentar-se no banco do passageiro. Ligou o motor e o aquecedor e limpou a neve do para-brisa. Tom saiu da cidade em direção ao interior e parou o carro em frente a um campo totalmente coberto por neve incólume. Nem bichos, nem gente – nada fora o vento – havia passado por aquela neve. Tom ajudou Perfeccionista a sair do carro. Eles ficaram parados olhando o campo nevado.

– Você consegue organizar estes flocos? – ele perguntou a ela.

– Já estão em ordem – ela disse. Foi naquele exato momento que Tom se apaixonou pela Perfeccionista.

Tom lembrava de estar ao lado dela, diante do campo coberto de neve, e de se apaixonar. O Monstro da Ansiedade urrou mais uma vez.

– Você me ama? – a Perfeccionista repetiu.

– Sim – disse Tom.

– Então confie em mim. Vou tomar banho.

A Perfeccionista levantou-se do sofá. Ela saiu caminhando pela sala de estar juntando objetos: velas, um isqueiro, um toca-fitas. Levou tudo para o banheiro. A porta do banheiro se fechou.

Tom ouviu-a enchendo a banheira. O toca-fitas tocava Motown. Ele sentou-se no sofá com as pernas dobradas em frente ao peito enquanto os dedos do Monstro da Ansiedade arrancavam ripas da porta. A criatura começou a jogar-se contra a porta. As dobradiças pularam da parede. O Monstro se bateu mais uma vez contra a porta. Os parafusos das dobradiças estavam três quartos para fora do batente. Tom não podia mais aguentar. Desmaiou.

Quando Tom acordou, duas horas depois, a Perfeccionista estava jogando paciência. Ela olhou para ele. Sorriu. Olhou de novo para as cartas.

– Está se sentindo melhor? – ela perguntou.

Ele estava. Não havia sinal do Monstro da Ansiedade.

– O que aconteceu? – ele perguntou a ela.

– Ele foi embora – ela disse. Ela colocou um nove preto sobre um dez vermelho.

– Acabou de sair?

– Existem duas maneiras de se livrar do Monstro da Ansiedade, meu amigo: ou você toma um banho de banheira ou tira um cochilo.

Tom fica vendo um avião decolar. A Perfeccionista finalmente embarcou. Ele lembra de questionar o Anfíbio sobre os montros.

– Não lembro de ter visto monstro nenhum antes de te conhecer – ele dissera ao Anfíbio. – Agora parece que eles estão por tudo.

– Quer dizer que você nunca teve medo de nada? – o Anfíbio perguntou a ele.

– Tenho, de um monte de coisas.

– E como elas eram?

Essa era uma pergunta engraçada.

– Não eram nada. Eram ideias – Tom lhe disse. – Tipo, não conseguir pagar aluguel, ou ficar sozinho.

– Essa é a coisa mais aterradora que eu já ouvi – respondeu o Anfíbio.

Tom pega sua bagagem de mão. Mostra sua passagem e identidade. Embarca no voo AC117 para Vancouver.

SEIS

DECOLAGEM

Tom abaixa os braços depois de guardar sua bagagem de mão no compartimento superior. Ele olha para o homem no assento de corredor da Fileira 27.

– Hã – Tom aponta para o assento do meio.

O homem relutantemente dobra as pernas para a direita. Tom passa apertado. Senta-se ao lado da Perfeccionista, que ficou com a cadeira da janela.

A Perfeccionista estuda dois homens de macacões laranja que jogam as malas sobre a esteira. A esteira transporta as malas ao avião. Ela não sente Tom colocar a mão sobre a dela. Os braços dela começam a sacudir como se estivesse sendo eletrocutada. Tom tira a mão. A Perfeccionista gostaria que seu braço parasse de fazer isso.

Ela fica vendo os homens jogarem as malas. Está tendo um destes dias em que todo mundo que ela olha parece alguém que ela conhecia. O homem que arremessa a mochilona vermelha na esteira rolante é igualzinho a um ex-namorado, o Moto do Barulho.

Ninguém havia notado W.P. Martin até ele se inclinar demais na sua motocicleta. Ele estava tentando parecer *cool* no estacionamento de uma loja de conveniências. Eram 23h30 e o estacionamento estava cheio de adolescentes. A moto tombou. W.P. teve que se esforçar para ficar de pé. A moto bateu na calçada e o amortecedor caiu.

Os adolescentes começaram a rir. Estavam em volta dele, gargalhando e vendo W.P. endireitar a moto. Apenas o amortecedor parecia danificado. W.P. subiu na moto, girou a chave, apertou a alavanca com o pé e a motocicleta sem amortecedor rugiu.

W.P. Martin havia morrido – e assim nasceu o Moto do Barulho. Ninguém mais ia ignorá-lo.

O Moto do Barulho cobriu os braços de tatuagens. Passava por ruas residenciais tarde da noite, forçando o motor e ativando alarmes de carro.

A Perfeccionista conheceu o Moto do Barulho na Exposição Nacional Canadense. Com três arremessos, ele conquistou uma garrafa de Pepsi de edição especial e o coração dela. A Perfeccionista cruzava os dedos em volta do cinto dele e juntos percorriam a cidade. Ela ainda tem deficiência auditiva para provar esses feitos.

Então, numa noite de quarta-feira, o Moto do Barulho deu uma guinada. Havia um gato parado no meio da estrada, fitando-o com olhos verdes. O gato sobreviveu. O Moto do Barulho nem passou perto dele. Mesmo assim, suas mãos estavam trêmulas ao puxar a chave da ignição. O gato continuou olhando.

Sentado na grama, olhando para sua moto, ele ouviu a cidade. O Moto do Barulho não conseguia acreditar que havia tanto barulho. Mesmo àquela hora da noite ouviam-se sirenes, carros e um leve zumbido das fábricas. O Moto do Barulho começou a questionar o que fazia da sua vida.

A Perfeccionista lhe deu um pé na bunda. Não porque ele não andava mais de motocicleta. Não porque suas tatuagens começaram a parecer bobas. O problema foi a insônia. Ele se revirava a noite toda, todas as noites. O Moto do Barulho tentou medicamentos controlados, medicamentos não controlados, fitoterápicos, música relaxante e protetores de ouvido – nada deu certo. Ele não consegue dormir desde o dia em que deu aquela guinada. Todas as noites ele deita na cama e o barulho da cidade o mantém acordado, desejando que houvesse matado aquele maldito gato.

A Perfeccionista continua olhando pela janela. Ela vê uma mala bege com dois zíperes na parte da frente atingir a esteira. É a última. Não resta nada mais para os dois homens jogarem. Eles sobem num carrinho de golfe adaptado. O que dirige parece exatamente seu ex-namorado, o Conchinha.

Acontece todas as noites com o Conchinha, mas ele não consegue prever quando será. Às vezes ele está dormindo e de repente acorda. Em outras ele está lendo ou assistindo TV. O endereço muda a cada noite. Às vezes dá para ir a pé. Às vezes ele pega o ônibus. Às vezes ele pega um táxi.

Ele consegue visualizar antes mesmo de chegar. O Conchinha sempre sabe se é uma casa ou um apartamento, ou um porão estranho que só se acessa pelos fundos. Ele sempre descobre a porta destrancada, ou pelo menos destrancada para ele. Ele nunca pisa em falso, nunca tropeça em nenhuma cadeira ou mesinha de centro enquanto percorre o local desconhecido, no escuro.

O Conchinha sempre sabe onde fica o quarto. Na cama, sempre há alguém que dorme em posição fetal. Ele entra debaixo das cobertas. Ele as abraça. Elas nunca acordam. Elas sempre sussurram "Obrigada" enquanto dormem.

Certa noite, o Conchinha foi atraído por um endereço que já conhecia. Encontrou a porta destrancada, ou destrancada para ele. Não precisou do superpoder para localizar o quarto. A mulher que encontrou dormindo em posição fetal era a Perfeccionista. Ele terminou com ela no dia seguinte.

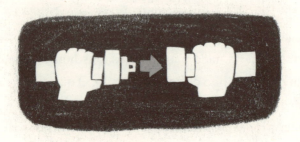

Mas é a primeira vez que a Perfeccionista pensa no Conchinha em um ano e meio. Ela sente o avião taxiando até o fim da pista. Os motores zunem. Seu corpo é empurrado para o fundo da poltrona. Ela agarra os dois descansos de braço. Ela se lembra de respirar fundo. A pista é um borrão cinza. A frente do avião inclina-se para o alto. As asas fazem um som ribombante. O avião inclina-se ainda mais. Ela olha para a frente do avião e parece que está nos últimos carrinhos de uma montanha-russa. Ela aperta ainda mais os descansos de braço. O avião nivela-se. O aviso para colocar o cinto de segurança é desligado. A Perfeccionista relaxa os braços sobre os descansos.

Tom apressa-se em tirar o cinto de segurança. Ele passa pelo homem do assento no corredor. Sua mão esquerda segura o pulso direito. Ele aperta e solta o pulso enquanto faz uma corridinha até os fundos do avião.

O banheiro da esquerda não está ocupado. Tom tranca a porta. As luzes fluorescentes se acendem. Ele puxa a manga da camisa e olha para os quatro cortes em lua crescente no pulso. Abre a torneira e deixa a água gelada molhar seu pulso. Nem está sangrando tanto. Há um espelho pendurado sobre a pia de aço inoxidável e Tom sorri para o reflexo. Ri alto.

– Ela tocou em mim – ele diz. – Ela tocou em mim!

SETE

OS SUPER-HERÓIS DE TORONTO

Existem 249 super-heróis na cidade de Toronto, estado de Ontário, Canadá. Nenhum deles possui identidade secreta. Pouquíssimos vestem uniforme. A maioria de seus poderes não rende ganhos materiais. O Anfíbio consegue sobreviver tanto na superfície quanto na água, mas, falando sério, isso serve para quê? Quem vai lhe dar emprego que aproveite esse poder? Ele trabalha de entregador de bicicletas em uma empresa chamada Speedy.

Até a Relógio, a única super-heroína que consegue viajar no tempo, não acha que seu poder tenha algo de especial. Ela sempre explica que todo mundo pode viajar no tempo e todo mundo está sempre viajando no tempo: o superpoder de verdade seria o de não viajar no tempo.

Não existem supervilões. Embora nenhum super-herói acredite nisso. Todo super-herói considera que um dos outros seja um supervilão. A Perfeccionista luta contra a Projecionista. O Homem de Negócios e o Sindicato consideram-se um ao outro como sendo do mal. Até o Anfíbio já trocou sopapos com o Linear.

Nas festas, o anfitrião inevitavelmente terá de ouvir algum super-herói indignado dizer "Não acredito que você convidou tal e tal pessoa". Ou acontece de um super-herói se deparar com outro na entrada do banheiro e ficam lá se apontando: "Malvado! Malvado!"

A Pilha de Nervos é quem dá as melhores festas. O Anfíbio levou Tom numa das festas de despedida do verão da Pilha de Nervos. Foi a primeira festa de super-heróis a que Tom foi. Ele deu um cutucão de ombro no Anfíbio.

– Olha só – ele disse ao Anfíbio. – Ei... ei, ô! – gritou Tom.

O Estilo olhou. O Sinal Verde olhou. O Falso, O Verbo, O Minimalista – quase todos na sala olharam. Incluindo A Perfeccionista, apesar do "A".

O Anfíbio não achou tão engraçado, mas a Perfeccionista deu uma risadinha. Nunca havia notado quantos super-heróis tinham nome que começavam com "O". Ela sorriu para Tom. E jogou o cabelo por cima do ombro.

Hipno achou a piada engraçada, mas não achou engraçado o fato de a namorada ter achado a piada engraçada. Ele hipnotizou todos na sala para esquecerem o nome de Tom. Tentou hipnotizar Tom para forçá-lo a ir para casa e descobriu que não conseguia – Tom é a única pessoa que Hipno nunca conseguiu hipnotizar.

Embora não conseguisse lembrar do nome dele, mesmo assim a Perfeccionista passou a noite inteira conversando com Tom.

– Qual é mesmo o seu nome? – ela não parava de perguntar.

– Tom – Tom não parava de responder.

– Ah, é. Isso mesmo – ela dizia. E imediatamente esquecia. Ela esqueceu o nome de Tom dezoito vezes naquela noite.

A BEIJA-SAPO

A Beija-Sapo estava no ensino médio quando descobriu seu poder. Ser namorada do capitão do time de futebol americano a deixara exausta e insatisfeita. Foi quando ela descobriu Brian, o capitão do clube de oratória, e seus poderes latentes emergiram.

Dotada da capacidade de transformar *geeks* em vencedores, ela tem a maldição de saber que, assim que provoca essa transformação, a origem de sua atração inicial passa.

QUINTO PERSONAGEM

Quinto Personagem escolhe um novo objeto de estudo a cada três anos. Seu objeto de estudo atual pode ser você e você nem sabe. Quinto Personagem é invisível.

Se você é o objeto dele, ele passou os últimos três anos vendo você tomar banho, vestir-se, cozinhar, brigar, fazer carícias e ter momentos de dúvida. Ele fez anotações enquanto você assistia TV, escovava os dentes, derramava-se em lágrimas, era contratado, era demitido e ficava cansado.

Ele sabe tudo sobre você. Ele sabe do que você precisa para realizar seus sonhos. Ele sabe qual é a mínima coisinha que acarretaria sua derrocada. E, neste momento, está decidindo qual delas vai fazer acontecer.

O BUSCADOR

O Buscador consegue ir de qualquer lugar para qualquer outro lugar, mesmo que nunca tenha estado lá. Mas como este é seu superpoder e assim ele se define, o Buscador fica muito chateado e nervoso quando chega aonde queria. Imediatamente ele tem de dar meia-volta e ir para outro lugar.

A PROJECIONISTA

A Projecionista faz você acreditar no que ela quiser. Se ela acredita que os juros vão cair, e você tem uma curta conversa com a Projecionista, você passa a acreditar no que ela diz. Se ela acredita que não, que na verdade você não deu sinal quando dobrou à esquerda, o que fez a Projecionista bater o carro dela no seu, você também vai acreditar.

A derrocada da Projecionista começou quando ela se apaixonou pelo Inverso. Ela se apaixonou totalmente, 100%, pelo Inverso. Ela projetava todas suas emoções sobre ele, mas o Inverso, por ser o Inverso, simplesmente refletia o oposto de tudo que ela projetava.

O estranho é que nem o Inverso nem a Projecionista conseguem pôr um fim nessa relação.

A BRONCA

A Bronca nasceu carregando uma bronca. É uma bronca imensa, pesada, tão pesada que a obrigou a desenvolver força sobre-humana. Mas a bronca que a Bronca carrega pesa tanto que só sua superforça poderia acabar com essa bronca, mas ela só pode usar a superforça quando se livrar da bronca e não consegue se livrar da bronca sem usar a superforça. Ela aparenta ser tão forte quanto qualquer pessoa normal.

OITO

A PRIMEIRA NOITE DE INVISIBILIDADE

A Perfeccionista passa três horas e quarenta e cinco minutos observando as nuvens. Tom observa a Perfeccionista. Agora que ela caiu no sono, Tom examina o sanduíche de queijo que a aeromoça lhe entregou quando estavam sobre as pradarias canadenses. A leste das Montanhas Rochosas, Tom desembala o sanduíche e dá uma mordida. O pão tem gosto de plástico. Ele deixa o sanduíche no canto da bandeja.

A Perfeccionista ronca (com perfeição). Tom sabe que poderia dar uma cutucada para o ronco parar. Era isso que ele fazia. Porém, desde que ficou invisível, Tom não toca na Perfeccionista quando ela está dormindo. Ele só tentou uma vez, na primeira noite após o casamento – a noite em que achou que a havia matado.

Ele observou ela sair do vestido de noiva como se fosse uma pilha de neve. Ela deixou-o no chão e foi direto para baixo das cobertas. Desde a recepção ela espirrava, soluçava ou tremia os braços cada vez que ele tocava nela. Ele não queria mais que isso acontecesse com ela, mas era sua noite de núpcias e ele não queria dormir sozinho. Esperou até ela cair no sono e a abraçou por trás. Eles ficaram em posição de conchinha. Ele caiu no sono abraçando ela.

Duas horas depois, Tom acordou. A Perfeccionista não estava respirando. Ele observou o peito dela. Segundos se passaram. Enfim ela inspirou forte. Tom não ficou aliviado; a respiração era tão profunda que o corpo dela inteiro se encheu. Os pés dela saíram da cama, seu peito fez um balão e seus punhos fecharam-se como bolas. Dez segundos se passaram antes da respiração seguinte.

Tom pegou a Perfeccionista pelos ombros. Sacudiu-a. Ela não acordou. Ele contou vinte segundos e nada de ela respirar.

– Acorde! – ele gritou. – Perfê: acorde! – Ela não acordava.

Tom pulou da cama. Correu para a cozinha. Telefonou para o Anfíbio para conseguir o telefone de Hipno. Mordeu a parte interna da boca enquanto ligava. A cada tecla do telefone que pressionava, amaldiçoava o dia em que conhecera Hipno.

O caso é que a Perfeccionista realmente tinha tido o melhor sexo da vida durante os três meses em que fora namorada de Hipno. Então, uma manhã, uma quarta-feira, ela teve prazer como nunca havia tido antes. Seus dedos do pé se contorceram.

Cravou as unhas das mãos nas costas dele. Aquele pênis era algo que ela nunca ia querer tirar de dentro de si, embora tenha percebido que não gostava muito do resto.

Hipno a abraçou e caiu no sono. Ela tinha duas horas até o início do turno na lanchonete. Ela delicadamente ergueu a mão de Hipno, tomou banho e se trocou. Pegou sua escova de dentes, as roupas que guardava na terceira gaveta da cômoda, as poucas coisas penduradas no armário, e os vários CDs e livros. Tudo coube em três sacolas de supermercado. Não deixou bilhete. Simplesmente foi embora.

Quando Hipno acordou, pela manhã, ela já tinha ido. Sabia que ela não ia voltar. Ele ficou arrasado. Não conseguiu ir trabalhar. Não conseguiu comer. Seu gato sumiu. A única maneira que ele achou de sobreviver àquela experiência foi hipnotizando-se. Ele deixou um relógio pender, ficou olhando para

e repetiu palavras consigo mesmo. A Perfeccionista tornou-se invisível para ele – um feitiço que desfez apenas para ir ao casamento dela.

Tom levou o telefone à orelha. Ouviu tocar três vezes.

– Alô? – respondeu Hipno.

– É o Tom.

– E daí? – disse Hipno.

– Não começa – disse Tom. – Acho que eu matei ela.

– Enquanto ela dormia? – Hipno perguntou.

– Sim?

– Voce tocou nela enquanto ela dormia?

– Eu abracei.

– Mas não pode abraçar.

– É nossa noite de núpcias – Tom disse.

– Mas não pode.

– E eu faço o quê?

– Ela ainda está dormindo?

– Pelo seu bem, espero que sim.

– Ela está bem – Hipno assegurou. – Volte lá para conferir e você vai ver. Ela está bem.

Tom largou o telefone. Correu até o quarto. A Perfeccionista estava dormindo (com perfeição). Tom ficou observando-a para ter certeza. Sentou-se ao pé da cama. Dez minutos se passaram e a respiração dela ficou tranquila e regular.

Tom levantou-se da cama, ainda olhando para a Perfeccionista. Pisou no vestido de casamento, depois o levantou e ficou procurando um cabide, sem sucesso. O vestido fez barulho quando ele o pendurou. Ocupava quase metade do armário. Ele voltou caminhando até a cozinha, viu o telefone no chão e pegou-o.

– Alô? – Tom perguntou no bocal.

– Ela está bem, não está? – perguntou Hipno.

– Como eu faço para parar?

– É muito simples.

– Fale!

– Você tem medo dela, Tom?

– Como assim?

– Se você não entende nem isso, não a merece. Não merece mesmo – disse Hipno. E desligou.

Tom ficou ouvindo o tu-tu-tu do outro lado da linha. Baixou o aparelho e ficou olhando para ele. Jogou o telefone longe. O aparelho estava deslizando pelo chão quando a Perfeccionista chegou à cozinha. Ela pisou no telefone sem olhar para baixo, foi até a pia e encheu um copo d'água. Sentou-se à mesa da cozinha, olhando para a frente.

– Enxergue-me! – Tom berrou. Ele ficou abanando diante do rosto dela. Empurrou a mesa da cozinha. A Perfeccionista abaixou-se. Ela pegou um copo que não estava lá, ergueu o braço e bebeu de uma mão vazia.

Tom abriu o armário da cozinha. Tirou um prato. Ergueu o prato bem alto e deixou cair. O prato se estilhaçou.

A Perfeccionista não ergueu o olhar.

Tom deixou cair mais um prato. A Perfeccionista ficou olhando para a parede. Tom jogou um prato contra a mesma parede. A Perfeccionista não titubeou. Tom foi no fundo do armário dos pratos. Empilhou todos os pratos que restavam.

– Olhe para mim! – ele gritou. Ele ergueu a pilha bem alto e as mangas do roupão desceram pelos seus braços.

A Perfeccionista não olhou para ele.

Tom soltou os pratos. Eles atingiram o chão e estilhaçaram-se em incontáveis caquinhos. A Perfeccionista levantou-se da mesa da cozinha e soltou seu copo imaginário na pia. Pisou em caquinhos de prato quebrado e cortou os pés em vários lugares. Não disse uma palavra. Deixou um rastro de sangue por todo o trajeto até o quarto.

Tom descobriu que tocar no pé dela a deixava enjoada. A Perfeccionista vomitou numa tigela enquanto ele lhe tirava caquinhos de porcelana do pé. Lavou os pés dela, colocou ataduras e dormiu no chão.

No assento F27, a Perfeccionista continua a roncar. Tom coloca a cabeça entre as próprias mãos. Inclina-se para a frente, enfia a mão no bolso do assento à sua frente e retira o plástico dos fones de ouvido. Conecta-os. O último passageiro deixou o volume no nove e a ópera toca tão alto que ele ouve com os fones ainda no colo.

Tom olha para os fones de ouvido. Consegue ouvir a música, mas não consegue ver. "Se a música é invisível, será que ser invisível é tão ruim assim?", Tom pensa consigo.

Tom desconecta os fones de ouvido. Coloca-os de volta no bolso do assento à sua frente.

NOVE

SEISCENTOS CIGARROS DEPOIS

Numa manhã, exatamente seis meses depois do casamento, a Perfeccionista acordou sentindo-se diferente. Foi caminhando até a venda da esquina para comprar uma carteira de cigarros, mas hesitou ao chegar no balcão. Pediu três caixas de maços de cigarros e também comprou um isqueiro descartável cor-de--rosa. Da lojinha da esquina ela caminhou até um brechó, onde comprou, por $3,99, o maior cinzeiro que eles tinham.

Ela carregou até o apartamento, na mesma sacola plástica, os cigarros, o cinzeiro e o isqueiro de plástico cor-de-rosa. Largou a sacola na mesa da cozinha, e o cinzeiro balançou quando bateu no tampo.

Ela abriu as três caixas de maços de cigarros com um abridor de cartas. Tirou o envoltório plástico das vinte e quatro carteiras. Tirou todos os cigarros dos pacotes e fez uma pilha de 600 cigarros.

A Perfeccionista começou a fumar. Seiscentos lhe parecia um número absurdo de cigarros. Tinha certeza de que Tom voltaria antes de ela fumar o derradeiro.

Doze dias depois, o 600º cigarro estava entre seus dedos manchados de nicotina. O isqueiro de plástico cor-de-rosa estava escorregando das suas mãos. Seu dedão tremia. Ela levou a chama à ponta do cigarro. Inalou, não tossiu, e alguém bateu na sua porta.

A Perfeccionista exalou a fumaça. Deixou o cigarro aceso à beira do cinzeiro. A caminho da porta, sua voz interior lhe disse para não abrir. "Ele não iria bater na porta", a voz disse. Ela abriu a porta mesmo assim.

O homem à frente dela era alto. Seu cabelo era bem aparado e grisalho nas têmporas. O terno escuro, a camisa branca e a gravata preta estavam passados. Seus sapatos brilhavam. A seu lado, na calçada, estava uma caixa de amostras grande o bastante para conter um aspirador de pó. Ele sorriu para a Perfeccionista.

A Perfeccionista sempre odiara vendedores de aspirador de pó. Não há motivo, não há episódio traumático no passado, nem ex-amante, nem pai ausente que tenha tido essa profissão. Ela simplesmente não gosta de vendedor de aspirador de pó.

– Não preciso de aspirador – disse a Perfeccionista.

– Eu não vendo aspiradores – ele respondeu. Sua voz era lírica, contida e tranquilizante.

– Você está vendendo o quê? – a Perfeccionista perguntou.

– Estou vendendo amor – respondeu ele.

A Perfeccionista encostou-se no batente. Seus cabelos e suas roupas exalavam o cheiro do cigarro. Ela recuou da soleira da porta e ele a acompanhou.

Na cozinha, ele armou sua caixa de amostras. Puxou as pernas da calça ao sentar. Cruzou a perna direita por cima da esquerda e revelou meias xadrez.

– Por qual tipo de amor você teria interesse? – ele perguntou.

– Que tipos você tem?

– Bem – disse ele. Ele levantou-se. – Eu tenho o amor que você quer, o amor que você acha que quer, o amor que você acha que quer mas não quer mais quando enfim consegue...

– Esse deve fazer sucesso.

– E faz.

– O que mais você tem?

– Tenho amor que é seu contanto que você seja obediente, o amor que se preocupa por não ser o bastante, o amor que tem medo de ser descoberto, o amor que teme ser julgado e descobrir-se insuficiente, o amor que é quase – mas não é – forte o bastante, o amor que faz você sentir que eles são melhores que você...

– Pare.

– Perdão?

– Eu não quero nenhum desses.

– Que tipo você quer?

– Eu quero do tipo que eu tinha com o Tom.

– E que tipo era?

– Era amor de verdade – disse a Perfeccionista.

Ela mirou os olhos do vendedor. Ele engoliu em seco. Os olhos dele pareceram tristes.

– Então você vai precisar de um destes – ele respondeu. Seus olhos não pareciam mais tristes. Eles cintilavam. Ele pendeu para a direita, pegou sua caixa de amostras, ergueu-a o mais alto possível e atirou-a contra a mesa da cozinha. Abriu o fecho da esquerda. Abriu o fecho da direita. Abriu a tampa, enfiou a mão e retirou um aspirador de pó.

– Você vende aspirador de pó? – sibilou a Perfeccionista.

– Você não acredita mesmo que exista amor perfeito com um destes? – ele perguntou.

O vendedor ficou imóvel, exibindo o aspirador. A cozinha estava em silêncio. Seus braços ficaram cansados. Ele abaixou o aspirador e colocou-o de volta na caixa.

– Obrigado pela sua atenção – disse à Perfeccionista. Ela pegou o cartão dele e polidamente conduziu-o até a porta de seu apartamento.

A Perfeccionista voltou à cozinha e notou seu cigarro aceso no cinzeiro. Estava semiqueimado. Esticou a mão e apagou-o. Folheou as páginas amarelas e telefonou para a primeira agência de viagens que encontrou. Comprou uma passagem só de ida para Vancouver.

DEZ

TAREFAS Nº 5 A Nº 7

A Perfeccionista acorda. Ela observa as nuvens e faz uma conferência mental de sua lista "Coisas a fazer antes de partir". As tarefas nº 5 a 7 eram todas "ligar para irmã" (a nº 4 era varrer e encerar pela última vez; a nº 8 era ligar para o aeroporto para conferir se o voo não estava atrasado). A Perfeccionista repete as conversas telefônicas mentalmente. A primeira ligação (a nº 5) foi para sua irmã mais velha, a Face.

A Face tinha oito anos quando notou que as fotografias que tiravam dela ficavam levemente fora de foco. Quando a Face se olhava em espelhos, mesmo que ficasse bem parada, seu reflexo era sempre turvo. Durante o ensino médio, ela fazia muito sucesso mas não tinha amigos próximos.

Depois do ensino médio, a Face estudou na faculdade Nova Scotia College of Art and Design, em Halifax, Nova Scotia. Na aula de pintura, seu primeiro trabalho foi um autorretrato. Com o pincel na mão, a Face examinou seus colegas. Eles misturavam cores e aplicavam pinceladas grossas à tela. O pincel da Face ficou parado. Ela não sabia por onde começar.

Naquela noite ela ligou para três colegas e pediu que elas descrevessem como ela se parecia. Todas responderam que ela era a mulher mais bonita que já haviam visto. Mas quando ela pediu detalhes, elas não conseguiram fornecer. Não sabiam dizer a cor de seus olhos. Não sabiam se tinha dentes retos, nem se tinha cabelos ondulados, se tinha lábios grossos. Só sabiam que era a mulher mais bonita que já haviam visto.

A Face entregou uma tela em branco e sua nota foi A+. Todos concordaram que era o autorretrato mais bonito que já haviam visto e que se parecia exatamente com ela. Naquela tarde ela começou a costurar um capuz. Terminou-o na quarta-feira seguinte. Ela não tira o capuz há dezessete anos.

A Face não estava em casa. A Perfeccionista já havia previsto isso. Ela deixou uma mensagem pedindo desculpas por não encontrar a irmã e a promessa de que ligaria assim que chegasse a Vancouver.

A Perfeccionista passou à tarefa nº 6. Ligou para a irmã mais velha, a Mulher Elástica, que foi batizada como Donna. No aniversário de dezoito anos de Donna, seu namorado era o passageiro de um Toyota Corolla que foi abalroado por uma picape. Ele morreu a caminho do hospital e, nos três anos seguintes, Donna só conseguiu pensar em sincronicidades. E se ele tivesse parado por algum motivo? E se eles tivessem parado num sinal vermelho? E se ele tivesse entrado no carro dez segundos depois? Parecia uma coisa tão simples, tão fácil de mudar, e ela começou a crer que poderia mudar. Ela só precisava voltar no tempo e atrasá-lo, de forma que esticou os braços.

Ela esticou os braços pela Queen Street, passando por gente e por carros. Ela esticou os braços até a Gardiner Expressway. Ela esticou os braços mais rápido que o tráfego na rodovia. Ela esticou e esticou e esticou mas só conseguiu colocar os braços na volta da cidade. Não conseguiu se esticar até voltar no tempo e por isso nunca se perdoou.

A Mulher Elástica atendeu o telefone.

– Sou eu – disse a Perfeccionista.

– Não vá – disse a Mulher Elástica.

– Eu não posso esperar mais – disse a Perfeccionista. – Há limites.

– Eu sei – disse a Mulher Elástica. – Eu já sei.

A Perfeccionista prometeu ligar no instante em que aterrissasse em Vancouver. Ela desligou o telefone e ligou para a irmã mais nova, a Tique (tarefa nº 7).

A Tique é uma super-heroína calma que deixa todo mundo nervoso. Seu superpoder é seu potencial absurdo. Sentada no canto nas festas, respondendo a quem lhe chama mas nunca sendo a que inicia as conversas, a Tique está sempre a observar e esperar – assim como todo mundo.

É certo que ela poderia fazer o que quisesse, mas o que seria? Arte fantástica? Crimes megalomaníacos? Paz mundial ou faculdade de medicina? E será que ela fará? Nem a Tique sabe. Ela atendeu o telefone assim que tocou.

– Vou sentir saudade – disse a Tique.

– Eu também vou – disse a Perfeccionista.

– Perfê? – disse Tique. A voz dela deixava a Perfeccionista nervosa. Tique raramente soava tão séria.

– Sim? – perguntou a Perfeccionista.

– Por que eu não estou fazendo exercício?

– Você vai fazer. Eu sei que vai – disse a Perfeccionista. Ficou o silêncio.

– Ok – disse a Tique.

– Melhor eu ir – disse a Perfeccionista.

– Então pode ir.

– Ok.

As duas desligaram.

A Perfeccionista relembra esta última conversa e preocupa-se por ter afugentado sua irmã do telefone. Ela preocupa-se com as três. Ela põe o dedo na janela do avião e desenha um círculo. Suas irmãs, conclui a Perfeccionista, estão perfeitamente tristes. Ela tem sorte de ter fugido das tragédias que ocorreram a elas. Então a Perfeccionista lembra-se de seu casamento. Ela lembra dos seis meses desde então. Lembra por que está num avião com destino a Vancouver.

ONZE

AS DUAS CAIXAS

Tom voltou ao banheiro do avião. Ele está no da direita. Três pessoas já bateram na porta do banheiro. Ele enfia os dedos embaixo dos olhos e puxa a pele. Ele estuda seus olhos, que estavam rodeados por círculos vermelhos e pretos. – Guaxinim – diz ele. Nunca se viu tão cansado.

Não é verdade. Tom já se viu tão cansado como agora uma vez, mas aquele cansaço era muito diferente deste cansaço. Ele consegue lembrar de tudo daquele cansaço; a televisão ainda estava ligada, a única luz que havia era a da sala de estar, e ela piscava azul como se fosse estroboscópica.

A Perfeccionista havia se sentado. Ela tirou a camisa. Seu cabelo estava bagunçado (com perfeição). Ela olhava para ele fixamente. Ela beijava-o de olhos abertos. O beijo foi demorado. Tom perdeu a noção de qual lábio era de quem. Então a Perfeccionista levantou-se. Ela apontou para o controle remoto da televisão e desligou. Estendeu a mão para Tom e ele pegou a mão dela.

Eles subiram a escada, Tom um passo atrás. Ele tentava não olhar para a bunda da Perfeccionista. Apertou a mão dela e ficou torcendo que sua palma não estivesse suada. Eles chegaram no alto da escada e viraram-se em direção ao quarto.

Eles tinham se beijado pela primeira vez há apenas três dias, mas não era a primeira vez que Tom entrava no quarto da Perfeccionista. Numa noite de quarta-feira, não fazia nem um mês, ela o trouxera para o andar de cima. Os dois tinham ido à festa de aniversário do Ouvido, beberam, e acabaram voltando a pé para casa. Na porta dela, ela convidou Tom para subir. Ele aceitou.

A Perfeccionista não estivera com ninguém desde que havia terminado com Hipno. O sexo com ele fora tão bom que a Perfeccionista não dava mais bola. Ela gostava mesmo de Tom, tinha certeza de que os dois iam virar grandes amigos, mas nada mais que isso. Ela não sabia se a amizade sobreviveria a uma noite de sexo sem compromisso, mas estava sentindo-se imprudente e levou Tom direto para o quarto.

A Perfeccionista empurrou Tom para a cama. Tirou a camisa dele. Tirou os sapatos e meias dele. Tirou a calça dele. Tirou a cueca dele.

Com a maioria dos caras, a Perfeccionista iria parar por aí. Mas não parou. Estava sentindo-se imprudente. Tirou a pele dele. Tirou o sistema nervoso dele. Ergueu a caixa torácica dele. O coração de Tom bateu na mão dela. E lá, lá no fundo, ela encontrou uma caixa de ouro cravejada de joias. Ela abriu a caixa. Dentro, encontrou as esperanças, os sonhos e os medos de

Tom. Olhou para eles. Ficou surpresa em encontrá-los ali e em ver como eram lindos. Naquele exato momento, a Perfeccionista apaixonou-se por Tom.

Ela colocou a caixa de volta, assim como a pele e as roupas dele. Ela o abraçou.

A Perfeccionista lembrava daquele momento em que eles estavam chegando na porta do quarto. Tom diminuiu o passo. A Perfeccionista não. Ela entrou no quarto. Ela continuou caminhando.

Havia um outro quarto no fim do corredor. Tom nunca havia notado. A porta estava fechada. A Perfeccionista soltou sua mão. Ela abriu a porta e acendeu a luz. Lá dentro, o carpete era gasto e cinza. Havia pregos saindo da parede branca. No centro da sala havia duas caixas de papelão gigantes, tipo caixas de geladeira.

Na caixa da esquerda, na caligrafia da Perfeccionista, estava escrito "AMIGO". Na caixa da direita, também na caligrafia da Perfeccionista, estava escrito "NAMORADO". Estas duas caixas eram os únicos objetos na sala.

Tom olhou para a Perfeccionista. A Perfeccionista olhou para ele. Tom olhou de novo para as caixas e depois olhou de novo para a Perfeccionista. Coçou a cabeça.

– E aí? – perguntou a Perfeccionista.

Tom olhou para ela, olhou para as caixas e voltou a olhar para a Perfeccionista. Ele ainda não entendia.

– Qual delas? – ela exigiu. Ela mexeu os braços, dando a entender que ele devia entrar em uma das caixas.

Tom entrou no quarto e ficou entre as duas caixas. Olhou para a que dizia 'NAMORADO' e olhou para a que dizia 'AMIGO'. Tomou a decisão muito rápido. Com passos ligeiros, ficou de frente para a caixa que dizia 'AMIGO'. Pegou-a, ergueu-a bem alto e colocou-a dentro da caixa que dizia 'NAMORADO'. Então deu meia-volta, pegou a Perfeccionista e colocou-a dentro das caixas. Entrou com ela. Pela manhã, não restava muito de caixa alguma.

Tom passa os dedos pela torneira de aço inoxidável sobre a pia. Passa um pouco de água no cabelo. Troca o papel higiênico nos seus cortes no pulso antes de destravar a porta do banheiro. A luz de "ocupado" se desliga.

DOZE

DESCUBRA SEU NOME DE SUPER-HERÓI

Sim, é verdade: a maioria dos super-heróis tem nomes engraçados. Mas são eles que têm que inventar os nomes. Pense como seria difícil. Tente você, agora mesmo: resuma sua personalidade e seus poderes numa única frase ou imagem. Se você conseguir, provavelmente já é um super-herói.

Parte do problema em descobrir seu nome de super-herói é que ele pode referir-se a uma coisa que você não gosta em si mesmo. Pode até ser a parte de si que você mais odeia, pela qual pagaria para se livrar. É certo que a Perfeccionista teve grande dificuldade para aceitar seu superpoder. O Apostador, UmaNoite e o Supersincero levaram anos para aceitar seus superpoderes.

O último estágio para encontrar seu nome de super-herói é aceitar que ele faz pouquíssima diferença. Ok, tem uma coisa que você sabe fazer, uma coisa que você faz diferente de qualquer outra pessoa neste planeta. Isso o torna especial, mas ser especial na verdade não significa nada. Você ainda tem que sair da cama e se vestir. Os nós dos seus cadarços ainda vão desatar. Sua amada ainda vai deixá-lo se você não a tratar bem.

O PREGUIÇA

O Preguiça se odiava. Ele se considerava muito preguiçoso. Ele tinha um emprego que não rendia nada e não tinha planos de conseguir um melhor. Seu relacionamento ia e vinha e vinha e ia, e ele nunca ia à academia, mesmo que continuasse pagando a mensalidade.

Sua geladeira estava mofada e ele só assistia reprises na TV. Às vezes ele usava o mesmo par de meias duas vezes na mesma semana.

O Preguiça ficava sentado no sofá, paralisado diante de todas as coisas que não resolvia. Então um dia, uma quarta-feira, ele disse simplesmente: "Que se foda!" Ele lançou as mãos ao alto e disse: "Que se foda!" Foi neste dia que o Preguiça descobriu seu superpoder, a incrível capacidade de dizer "Que se foda" e falar aquilo muito, muito a sério.

HUMOR IMPREVISÍVEL

Sendo um dos poucos super-heróis que usam uniforme, o Humor Imprevisível nunca está sem seu terno social xadrez de poliéster com lapelas avantajadas mais tênis brancos e cinto combinando. Abençoado com o poder de alcançar os altos emocionais mais altos e amaldiçoado com o poder de se afundar às profundezas emocionais mais profundas, o Humor Imprevisível em geral o faz durante a mesma conversa. Estranhamente, atrai as mulheres.

IMITONA

A Imitona tem a habilidade de imitar o estilo de qualquer uma. O que não seria tão ruim, talvez fosse até um elogio, se ela não fosse capaz de aperfeiçoar o estilo daquelas que imita ao ponto de elas ficarem parecendo versões fracassadas de si mesmas.

O INVERSO

Se você aperta a mão do Inverso, o exato oposto da sua vida vem como um raio diante de seus olhos. Pode ser uma experiência tão devastadora que o Inverso só aperta sua mão se você pedir, e às vezes nem mesmo assim.

Por exemplo, no caso do Homem de Negócios, quando o Inverso apertou a mão dele, o Homem de Negócios se viu tendo um emprego e levando a vida assim. Foi uma experiência tão intensa que o Homem de Negócios aposentou-se no dia seguinte.

É exatamente o tipo de responsabilidade que o Inverso procura evitar e é por isso que ele nunca apertou a própria mão.

SR. OPORTUNIDADE

Ele bate nas portas e fica lá parado. Você ficaria surpreso se soubesse quão poucas portas são atendidas.

DAMA CLAREZATOTAL

A super-heroína mais poderosa que existe, a que todos gostariam de ser, esta é Dama Clarezatotal. Ao fim de cada dia ela dobra suas roupas. Ela nunca deixa tesouras na mesa, as canetas sem tinta são jogadas no lixo, as toalhas molhadas são sempre penduradas, os pratos são lavados logo após o jantar e nada fica sem ser dito.

TREZE

INICIANDO ATERRISSAGEM

A voz do capitão soa pelos fones de Tom. Confiante, ele anuncia que o voo AC117 está iniciando aterrissagem. Eles iniciarão a chegada a Vancouver dentro de vinte minutos. O horário local será 17h17. O capitão solicita a todos os passageiros que retornem o encosto de suas cadeiras para a posição inicial e apertem os cintos de segurança. Tom olha para cima. Nenhum dos passageiros está de pé, de forma que ninguém se mexe. Ele sente o avião pender para baixo. Tenta não chorar. Tem vinte minutos para convencer sua esposa de que não é invisível. Desobedece as ordens do capitão e ousa fazer mais uma visita ao banheiro. Ele passa aos empurrões pelo homem do assento 27D.

Enquanto Tom caminha pelo corredor, o homem do assento 27D começa a examinar a Perfeccionista. Ele a vê observar nuvens pela janela do avião. A Perfeccionista percebe que está sendo observada. Não devolveu o olhar. Continua com os olhos nas nuvens.

Ele engole em seco, limpa a garganta. Seu dedão e indicador coçam.

– Perfê? – ele pergunta.

A Perfeccionista vira-se para ele. Ele está olhando para ela. É a primeira vez que ela olha diretamente para ele. Ela estica a mão e passa o dedo indicador nos lábios dele.

– Literal? – ela o chama.

– Literal? – diz o Homem do Coração Partido. – Faz anos que ninguém me chama por esse nome.

O Literal e a Perfeccionista namoraram no ensino médio. Estavam muito apaixonados. Foi a primeira vez dos dois. Separaram-se para ir à universidade mas juraram que iam ficar juntos.

Para provar seu amor, o Literal entregou seu coração à Perfeccionista. Ele colocou o coração numa caixa de sapatos, embrulhou a caixa com papel prateado e levou-a ao correio. Após lamber o equivalente a vinte e nove dólares e quarenta e sete centavos em selos, ele endereçou o pacote a/c Perfeccionista, McGill University, Montreal, Quebec.

Três semanas depois, a mesma caixa de sapato chegou à caixa de correio do Literal. Estava embrulhada no mesmo papel prateado, mas havia sido aberta. Seu coração estava lá dentro. Naquele instante, o Literal deixou de ser o Literal. Tornou-se o Homem do Coração Partido. Estava tão devastado que nunca mais falou com ela.

"Quais são as chances de eu me sentar ao lado dela num avião?", o Homem do Coração Partido pergunta a si mesmo. A probabilidade é mínima. Deve ser o destino. Há treze anos, ele ensaiava este momento diariamente, às vezes três vezes por dia. Sabia exatamente o que ia dizer, que tom de voz usar. Não seria amargo, pois faria ele parecer fraco. Seria casual. Ficaria contente em revê-la. Não seria o momento mais importante de seu dia.

– Faz tanto tempo – diz a Perfeccionista.

Todos os planos do Homem do Coração Partido evaporam. Seus olhos se arregalam. Ele não consegue se conter. Não consegue parar, não consegue controlar. A coisa sai como uma enchente.

– Por que você fez aquilo? – ele gane. – Por que fazer aquilo comigo? Por que você devolveu meu coração?

A Perfeccionista fica olhando para o Homem do Coração Partido. Os dentes dela rangem.

– Eu te amava tanto – diz a Perfeccionista. Os olhos dela estão marejados. – Sem o coração, com o que você me amaria?

O Homem do Coração Partido nada diz. Olha para os sapatos e faz que sim. Ele vai até os fundos do avião e encontra um assento vazio.

Tom volta do banheiro. Vê a Perfeccionista chorando. Ele passa sua mão no cabelo dela. Quase sente ela encostar-se nele. Ela não soluça.

CATORZE

A GALERIA BOTOARIA

Tom observa a Perfeccionista fungar. No banheiro ele havia se dado conta de que o cheiro, assim como o som, era invisível. Aí limpou o desodorante das axilas. Ficou seis minutos correndo no mesmo lugar o mais rápido que podia. Ainda está sem fôlego. O suor pinga de sua testa. Há marcas de suor sob seus braços.

A Perfeccionista encosta-se nele. Ela funga. Ele desabotoa três botões de sua camisa e deixa a gola aberta. A Perfeccionsta aproxima-se mais. Tom mexe os braços como uma galinha. Ela fecha os olhos. Ela inspira até que seus pulmões fiquem cheios.

– Você está lutando com quem? – pergunta Tom. É uma boa pergunta, mas Tom refere-se a uma experiência específica que eles tiveram na mostra de arte da Projecionista na Galeria Botoaria.

Tanto Tom quanto a Perfeccionista receberam convites. Ele presumira que ela não ia querer ir, mas se enganou. A Perfeccionista queria ver o que a Projecionista considerava arte. A Projecionista é a única super-heroína na história que já recebeu bolsa do Conselho Canadense.

A *vernissage* começava às 19h00 e Tom e a Perfeccionista desceram do táxi às 21h00. Entraram na galeria. Estava apinhada de super-heróis. Todo mundo estava lá: o Cartógrafo, 360, Fazquinzeminutos, o Barômetro, até mesmo o Estilo.

Tom e a Perfeccionista circularam pela sala abafada. A Perfeccionista estava suando (com perfeição). As paredes brancas da galeria estavam vazias – eles não encontraram arte alguma. A sala só tinha super-heróis. Às 21h15, eles já queriam ir embora. O Anfíbio os encontrou quando estavam na porta.

– Que fantástico, né? – perguntou o Anfíbio. Ele trazia à mão uma grande taça de vinho. As marcas na borda indicavam que havia sido preenchida várias vezes.

Tom revirou os olhos. A Perfeccionista cruzou os braços.

– Como esperado – disse ela.

– Vocês não entraram na sala dos fundos, né? – perguntou o Anfíbio.

– Tem sala dos fundos? – perguntou Tom.

– Acompanhem-me – disse o Anfíbio. Ele saiu abrindo caminho pelos super-heróis. Tom e a Perfeccionista seguiram-no.

Na outra ponta da sala havia uma portinha. O Anfíbio ficou agachado, mãos e joelhos no chão. Passou engatinhando pela porta.

– Não quero sujar minha calça – disse Tom.

– Eu quero ver – disse a Perfeccionista. Ela entrou engatinhando pela portinha. Tom foi atrás (e olhou embaixo da saia dela).

A sala do outro lado era maior do que a que haviam acabado de sair. Havia um espelho cobrindo por inteiro a parede oposta. Parecia um espelho normal. Tom, a Perfeccionista e o Anfíbio ficaram de frente para o espelho. Os reflexos deles não sofriam distorção alguma.

Tom revirou os olhos. A Perfeccionista cruzou os braços. Os dois estavam frustrados, sensação que Tom estava prestes a expressar quando seu reflexo pulou do espelho e começou a correr na sua direção. O reflexo da Perfeccionista saltou do espelho e começou a correr na direção dela. Assim como o do Anfíbio.

Tom não sabia o que fazer com o reflexo que corria na sua direção. Ergueu os punhos. Seu reflexo ergueu os punhos. Os dois ficaram se avaliando. Um ficou dando voltas ao redor do outro.

Tom achou uma abertura. Deu um soco de direita, que seu reflexo bloqueou com a esquerda. Seu reflexo deu um gancho de direita, que Tom bloqueou com o braço esquerdo. Pelo canto do olho, Tom percebeu que a Perfeccionista travava a mesma luta.

Os braços de Tom começaram a doer. Suas juntas estavam sangrando. Havia machucados se formando nos seus antebraços. Ele não ia aguentar mais, e seu reflexo não demonstrava sinais de cansaço.

– O que vocês estão fazendo, hein? – gritou o Anfíbio.

A voz do Anfíbio surpreendeu Tom. Tom não ficava surpreso com o Anfíbio desde o dia em que o levara para assistir a Orquestra de Câmara de Salzburg executar as Serenatas nº 3 e 4 de Mozart.

Tom queria que o Anfíbio visse de tudo. O Anfíbio nunca fora a um concerto de música clássica. Eles foram a terceira e a quarta pessoas a sentar na plateia. Meia hora depois, a orquestra apareceu. Alguns dos músicos tocavam escalas. Outros simplesmente afinavam os instrumentos. Alguns repetiam três ou quatro compassos sem parar. Os músicos encerraram a afinação e as luzes do local diminuíram. O maestro subiu ao palco.

O Anfíbio levantou-se. Estava batendo palmas freneticamente.

– Que fantástico! – ele gritou. O resto da noite deixou-o frustrado.

Assim como seus amigos frustravam-no naquele momento.

– O que vocês estão fazendo? – repetia o Anfíbio. Sua voz estava tomada pela descrença. Fez Tom e a Perfeccionista pararem. Quando pararam, os reflexos deles também pararam. Os quatro se viraram e olharam para o Anfíbio, que estava sentado no chão de frente para seu reflexo. Os dois Anfíbios estavam dividindo a taça de vinho. Os dois pareciam incomodados.

– Amigos seus? – perguntou o Anfíbio da direita.

– Dos melhores – respondeu o Anfíbio da esquerda. Eles reviraram os olhos e continuaram a conversar.

A aeromoça passa para recolher os fones de Tom. Tom alcança os fones. Ele vira-se para a Perfeccionista e encosta-se nela.

– Eu sei que você está lutando consigo mesma – diz Tom. – Eu sei que você quer me ver. – Mas a Perfeccionista continua olhando pela janela do avião.

QUINZE

TENSO

A Perfeccionista continua a cheirar Tom. É o cheiro que ele tem depois de se exercitar. Ela olha para o relógio. Tem treze minutos antes do avião aterrissar. Ela precisava conversar com a Relógio. Colocando sua bandeja na posição vertical, ela acomoda-se na cadeira, fecha os olhos e cai no sono.

Os globos oculares da Perfeccionista tremem sob as pálpebras. Embora ela e a Relógio morem em Toronto e a distância entre as casas não dê nem dez dólares de táxi, elas nunca têm tempo de se ver. Por isso, pelo menos duas vezes por mês, a Relógio visita a Perfeccionista nos sonhos.

Elas sentam-se em cadeiras de jardim amarelas iguais. A cinta machuca a coxa esquerda da Perfeccionista. Ela se remexe na cadeira, olha por cima do ombro e vê a casa que sua família alugava todo verão até quando ela tinha dezoito anos. Ela mexe a areia seca entre os dedões do pé. São 15h30. Ela torce para estar usando protetor solar e sente o cheiro que o vento traz.

– Está sentindo? – a Perfeccionista pergunta à Relógio.

– Sentindo o quê?

– O Tom.

– Só se o Tom fede a peixe morto – responde a Relógio.

– Eu juro que sinto o cheiro do Tom – ela diz, cruzando as mãos no colo. Olha para os dedos. Aqui, suas unhas nunca estão mordidas. – Como é que é? – ela pergunta à Relógio.

– Como que é o quê?

– Viajar. Poder viajar no futuro.

– Não é nada do que você pensa – responde a Relógio.

– Você me leva?

– Você não ia gostar.

– Eu só quero ver.

– Não é o que você imagina.

– Leve-me lá – a Perfeccionista implora. Ela põe a mão sobre o braço da Relógio. – Eu preciso ver.

Parte do motivo pelo qual a Perfeccionista está desesperada para ver o futuro é que uma vez ela ficou presa no presente. Ela teve um caso com o Fofo, cujo superpoder é a capacidade de fazer todos os dias parecerem domingo. Eles conheceram-se em 11 de fevereiro e passaram os cinco meses seguintes de cama. Não transaram tanto; passaram a TV para o quarto. Pediam comida e mandavam o supermercado entregar as compras. Primeiro começaram a conferir quem estava ligando, depois pararam de atender o telefone de vez. Junho passou e nenhum deles havia saído do apartamento.

Então, uma manhã, a Perfeccionista acordou mais cedo. Deixou Fofo dormindo. Zanzando pelo banheiro, ela pisou na balança e esperou que o ponteiro parasse de balançar para lá e para cá. Quando parou, ela ficou tão chocada que pulou da balança, derramando vinho tinto sobre o robe branco.

Ela havia ganhado sete quilos. Suas roupas estavam apertadas e seu robe era a única peça de roupa em que se sentia confortável. A máquina de lavar estava quebrada. Ela vestiu uma calça de moletom do Fofo e uma camiseta branca que cobria a barriga. Carregou seu robe até a rua, dois degraus abaixo.

Lá fora ela sentiu o ar fresco. O som da rua foi esmagador. Era gente demais. Caminhou até a lavanderia olhando para a calçada.

O ciclo de lavagem durava 27 minutos. A Perfeccionista leu um jornal, tomou café e bisbilhotou a conversa de gente que falava do emprego. Olhou para o relógio; não parecia mais domingo. Parecia quarta-feira. Era quarta-feira.

A Perfeccionista sabia que quartas-feiras não eram tão boas quanto os domingos. Mas ainda assim era bom ter quartas-feiras. Ela nunca voltou para o Fofo.

Fofo ficou de coração partido. Era frequente que seu superpoder não fosse reconhecido e ele achou que havia encontrado alguém que gostava mesmo dele. Sua vida virou uma série infinita de tardes de domingo, em vez de manhãs de domingo, até ele se ajeitar com o Sr. Café da Manhã.

A Relógio puxou os óculos de sol para a testa. – Você quer por causa do Tom? – ela pergunta.

– É.

– Então o que eu vou lhe mostrar vai deixar você desanimada – diz a Relógio.

– Acho que eu já sei.

– Então tá.

A Relógio recolhe sua cadeira de jardim. Ela posiciona-a de forma que suas costas fiquem para o mar. O tramado verga quando a Relógio senta-se frente a frente com a Perfeccionista. Os joelhos delas se tocam. Ela pega o queixo da Perfeccionista. Ela abaixa a cabeça da Perfeccionista até que suas testas se encontrem.

– Feche os olhos – a Relógio sussurra.

– Estão fechados.

– Feche.

A Perfeccionista fecha os olhos. A Relógio começa a murmurar. O murmúrio é agudo e constante. Ele abafa o barulho das gaivotas e da ressaca. A Perfeccionista consegue sentir o murmurar no peito. Ele continua a crescer. Toma os ouvidos dela. Ela não consegue pensar em outra coisa. Então passa. Todo som desaparece.

– Chegamos – diz a Relógio.

A Perfeccionista abre os olhos. Não vê nada. Está branco. Tudo branco. Não há nada embaixo. Não há horizonte. Nada. É só branco.

– Relógio, o que é isso? – pergunta a Perfeccionista. Sua voz está trêmula.

– É o futuro.

– Esse é o futuro? – a Perfeccionista pergunta. Sua boca está seca. Ela se força a engolir. – Por que o futuro é assim?

– Porque ainda não aconteceu – diz a Relógio.

A Perfeccionista acorda. Está no avião. Sente o avião descendo. Ela abre as narinas. Inspira forte. Ainda sente o cheiro de Tom.

DEZESSEIS

INVISIBILIDADE

Tom não é considerado invisível, já que sua invisibilidade está restrita à Perfeccionista. Mas existem super-heróis invisíveis, que se dividem em dois grupos: os que podem mudar de visível para invisível quando quiserem, e os que são invisíveis o tempo todo. David Duncan está no segundo grupo. Depois de cinco meses da invisibilidade restrita de Tom, o Anfíbio escreveu o número do telefone de David Duncan num bilhete. Entregou o bilhete a Tom.

– Você devia ligar pra ele – sugeriu o Anfíbio. Eles estavam bebendo no Diplomático, na College Street.

– Por quê? – Tom perguntou.

– Porque antes ele era o Renegado Azul e é um dos poucos invisíveis que conversa.

– Do que eu ia falar com ele?

– De ser invisível.

– Mas eu não sou invisível.

– Vai que ele tenha outra perspectiva, sei lá. Ele pode te dar uns conselhos.

Tom pegou o telefone. Guardou na carteira.

Três dias depois, logo após a Perfeccionista parar de fumar, Tom achou uma passagem de avião para Vancouver na mesa da cozinha. Entendeu as consequências daquilo e ficou desesperado. Ligou para David Duncan. Duncan aceitou encontrá-lo no Pauper's Pub, um falso *pub* inglês na Bloor Street.

David Duncan havia saído invisível do útero. A enfermeira limpou o sangue e a placenta e não viu mais nada. Quando era bebê, ele conseguia tirar a fralda. Para encontrá-lo, os pais tinham que esperar até que ele chorasse de fome. Quase morriam de preocupação. Tomaram uma medida drástica: pintaram-no de azul.

Usando uma tinta não tóxica de base aquosa, eles mantiveram-no pintado até os cinco anos. No primeiro dia de colégio, seus pais deixaram a decisão em suas mãos. Ele podia continuar azul ou voltar a seu estado natural de invisibilidade.

David foi ao banheiro. Tinha uma hora até que o ônibus do colégio chegasse. Encheu a pia de água. Tirou todo o azul e se olhou no espelho. Levantou sua escova de dentes e viu ela flutuar. Ficou aterrorizado. Decidiu que continuaria azul.

David foi à escola pública pintado de azul. Não fez amigos. Virou o Renegado Azul.

O Renegado Azul passou o ensino médio inteiro resistindo à tentação de entrar no vestiário das meninas. Nenhuma vez roubou algo da mesa da professora. Sempre pagava para entrar no cinema.

Tendo se formado com notas médias, o Renegado Azul conseguiu emprego num *call center* e um apartamento de um quarto a leste da Church Street. Levava uma vida solitária. Pintava-se de azul toda manhã, assim como outros homens fazem a barba. Nunca suspeitaram que ele fosse invisível. Só o achavam meio estranho.

Então, um dia, uma quarta-feira, o Renegado Azul trabalhou até tarde no *call center*. Esperou pelo bonde das 18h04. Normalmente ele pegava o das 17h15. Foi então que a viu. Seria difícil não a ver. Ela era laranja.

O Renegado Azul estava na fila para as portas à frente do bonde. A Exilada Laranja estava saindo pelas portas ao fundo. Eles fizeram contato visual brevíssimo, mas nada mais.

O Renegado Azul mudou sua rotina. Começou a pegar aquele bonde, o 504 das 18h04, todos os dias. O Renegado Azul e a Exilada Laranja começaram a se notar cada vez mais. Faziam contato visual por períodos prolongados. O Renegado Azul fazia questão de ficar no fim da fila para as portas à frente do bonde. A Exilada Laranja cuidava para ser a primeira a sair pelas portas ao fundo. Eles começaram a se abanar quando se encontravam na rua. Ainda não haviam conversado nem trocado os nomes. Não parecia ser importante.

Seis semanas depois de ficarem sabendo um do outro, uma tempestade abateu-se sobre a cidade. A chuva entupiu os drenos. Um relâmpago caiu perto do *call center* do Renegado Azul. Eram 19h30. Ele havia perdido o bonde das 18h04. Era o único no escritório. O som ribombou pela sala. Ele olhou pela janela para ver se havia estragado alguma coisa.

Naquele exato momento, a Exilada Laranja estava olhando pela janela de seu apartamento. O *call center* e o apartamento da Exilada Laranja ficavam exatamente de frente um para o outro, no segundo andar dos prédios de três andares.

O Renegado Azul olhou para a Exilada Laranja. O relâmpago estrondeou mais uma vez. Ela levou o dedo indicador à boca. Ela tirou o dedo. O dedo não era mais laranja. Estava invisível. Ela o ergueu para o Renegado Azul ver.

O Renegado Azul chorou. Suas lágrimas deixaram rastros de invisibilidade pelo rosto. Ele recuou da janela. Tirou a roupa. Nu, ele saiu do call center. Desceu até o térreo, entrou na chuva e olhou para o outro lado da rua, onde pés e pernas laranjas estavam sobre uma poça laranja.

Ficaram parados na chuva. O Renegado Azul ergueu o olhar para o céu e estendeu os braços. Deixou a chuva cair no seu rosto. Olhou para as mãos e não as viu. Olhou de novo para o outro lado da rua e não enxergou a Exilada Laranja.

Ninguém vê os dois desde então.

Tom chegou ao *pub* com dez minutos de atraso. Procurou uma mesa vazia. Encontrou uma mesa em que um copo de cerveja se bebia sozinho e sentou.

– Oi, eu sou o Tom – disse Tom. – Obrigado por topar falar comigo. – Ele estendeu a mão e David Duncan a apertou.

– Não sei como eu posso ajudar – disse David Duncan.

– E nem eu – disse Tom. Tom não sabia para onde olhar. Focou-se numa propaganda de cerveja de onde a voz de David parecia estar vindo.

– O que você quer saber?

– Quero saber como eu convenço minha esposa que não sou invisível.

– Mas você não é invisível.

– Pra ela eu sou – disse Tom.

– Arrã – disse David Duncan. – Eu também era invisível pra minha esposa.

– Era?

– Não deu certo.

A garçonete apareceu. Tom pediu uma cerveja. Ele ficou passando o cinzeiro entre as mãos. Eles não falavam nada. David Duncan esvaziou o copo.

– Às vezes essas coisas acontecem porque têm que acontecer – disse David.

– É.

– A gente não anda mais junto, mas se não tivesse conhecido ela, eu ainda seria azul.

– É – disse Tom.

– Quem sabe você não estava pronto.

– É – repetiu Tom. A garçonete trouxe a cerveja dele. Tom empurrou-a até o outro lado da mesa. Tirou da carteira uma nota de vinte, soltou-a sobre a mesa e foi para casa.

DEZESSETE

O APARTAMENTO MINIMALISTA

A turbulência balança o avião. Tom e a Perfeccionista dão pulos até onde os cintos de segurança permitem. Tom olha para o relógio. Ainda lhe restam quatro minutos. Ele pensa na sua passagem de volta. Fica pensando em como seria voltar para a casa que dividia com a Perfeccionista.

No apartamento deles, Tom e a Perfeccionista tinham 105 itens (fora produtos de higiene pessoal). Antes de morarem juntos, tinham muito mais. No dia da mudança, Tom alugou o maior caminhão que a U-Haul tinha. O Anfíbio ajudou-o na mudança.

– Você tem um monte de coisas – disse o Anfíbio. Ele carregava uma caixa de livros. Em cima da caixa de livros havia uma banqueta e um cesto de discos de vinil.

– Eu não tenho muita coisa – Tom respondeu. Ele carregava um micro-ondas *vintage* e uma panela elétrica de fazer arroz.

– Você tem um monte de coisas – repetiu o Anfíbio.

Eles tentaram fazer todo o apartamento do porão caber no caminhão. Não coube. O caminhão estava cheio e ainda havia um quarto dos bens de Tom do lado de fora.

Tom e Anfíbio trancaram o caminhão. Dirigiram até a casa da Perfeccionista. Ao chegar, tomaram uma cerveja. A Perfeccionista olhou para dentro da caçamba do caminhão. Reorganizou-a. Metade ficou vazia.

O Anfíbio saiu para jogar bola. Tom e a Perfeccionista começaram a colocar as posses dela no caminhão.

– Você tem um monte de coisas – Tom disse a ela. Ele estava carregando uma caixa cheia de panelas antigas.

– Eu não tenho um monte de coisas – disse a Perfeccionista. Ela carregava uma caixa dos vestidos que havia usado no ensino médio.

Nem todas as posses da Perfeccionista couberam no caminhão. Apenas três quartos. O resto eles deixaram lá. Dirigiram até a nova casa e estacionaram na rua. Animados, correram para dentro. Estavam curtindo a vista do quarto quando viram o caminhão ser roubado.

Quando finalmente resolveram os boletins de ocorrência e convenceram a U-Haul a deixar eles alugarem um segundo caminhão, já estava escuro. Tom e a Perfeccionista estavam cansados. Sem se falar, eles dirigiram até o apartamento de Tom. Carregaram o que restava. Então, ainda sem se falar, dirigiram até o apartamento da Perfeccionista e carregaram o que havia ficado no gramado dela. Todos os objetos couberam tranquilamente no baú do caminhão.

Tom ligou o caminhão. Suspirou. A Perfeccionista cruzou os braços. Eles dirigiram rumo ao centro, rumo ao novo apartamento, passando pelo beco onde haviam encontrado o Jim Malandro logo depois que começaram a sair.

O beco ficava entre duas lojas que estavam vazias há anos. Jim Malandro sempre ficava ali na frente. Numa quarta-feira, depois de brigarem por 72 horas consecutivas, Tom e a Perfeccionista estavam caminhando e passaram por ali. Jim Malandro estava lá, à espera.

– Psssst – disse Jim Malandro.

Tom e a Perfeccionista seguiram caminhando. Ignoraram Jim Malandro, ignoraram o único botão que fechava seu capote e o fato de ele ter cheiro de hospital. Já haviam ignorado-o centenas de vezes.

– Quer comprar um mito? – emendou Jim Malandro. Ele nunca havia dito uma coisa daquelas. Eles não tiveram como ignorar. Pararam. Viraram e olharam para Jim Malandro. Jim Malandro fez que sim. Tom e a Perfeccionista o acompanharam.

O vento fazia folhas de jornal esvoaçarem. No meio do beco havia uma lixeira. Os três esconderam-se atrás dela. Jim Malandro ficou de costas para a parede de tijolos. "AC/DC RULES" estava pintado em tinta *spray* amarela acima de seu ombro direito. Ele desabotoou o único botão, o de cima. Abriu seu capote. Lá dentro, presos ao tecido por segurança, havia três papéis do tamanho de envelopes. Em cada papel um *slogan* estava escrito à mão usando letras bastão maiúsculas. Jim Malandro apontava-os com seu dedo comprido e purulento.

– Eu tenho: "Bem triunfa sobre o mal". "Todos os homens são criados iguais." "O amor vence tudo." Qual vai ser? – perguntou Jim Malandro.

Tom olhou para a Perfeccionista. Ele fez a cara de "nada que me chame atenção". A Perfeccionista olhou para Tom. Ela fez a cara de "concordo".

– Desculpe – disse Tom. – Já temos esses todos.

Naquele exato momento, Tom e a Perfeccionista souberam que iam ficar juntos para sempre.

O novo apartamento deles ficava uns dez minutos à frente do beco do Jim Malandro. Eles dirigiram em silêncio. Descarregaram tudo. Ao terminarem, tinham uma poltrona verde, um sofá branco, três vasos com plantas, uma mesa de cozinha com quatro cadeiras, quatro jogos de mesa completos, uma frigideira, duas facas, três potes de tamanhos variados, uma cama tamanho *queen*, dois conjuntos de lençóis, um acolchoado, sete camisetas com gola, sete blusas, catorze camisetas, catorze calças (seis jeans, oito sociais), sete agasalhos, catorze pares de meias, catorze pares de roupas íntimas, produtos de higiene pessoal e quatro toalhas de banho brancas.

O avião passou por mais um trecho de turbulência. Tom levou a cabeça às mãos. O avião continuava a descer. Tom visualizou o apartamento que tinha com a Perfeccionista. Percebeu duas coisas: os 105 itens que tinham cumpriam todas suas necessidades, e fora a Perfeccionista que fizera aquilo acontecer.

– É isso! – Tom berra. As fileiras 25 a 29 viram-se e olham para ele. Tom sorri, abre seu cinto de segurança e inclina-se para a frente.

DEZOITO

ATERRISSAGEM

O som das rodas baixando assusta a Perfeccionista. Ela olha pela janela. Os prédios de vidro e aço de Vancouver estão ao longe. Ela sente que o avião está caído para a frente. Ela tem uma sensação de leveza. Leva a mão ao estômago.

A pista está à frente. O avião inclina-se e fica paralelo à pista. A Perfeccionista olha para a direita do asfalto e enxerga a pequena sombra do avião. Nada mais que um borrão. O avião segue na aterrissagem. A sombra ganha maior definição. Começa a ganhar asas. Agora ela consegue ver o nariz do avião, a cauda.

Ela jura que consegue sentir o cheiro de Tom. Seus olhos ficam turvos.

Ela vai conseguir. Assim que as rodas tocarem Vancouver, ela vai seguir a vida. Vai fazer ela ser perfeita. Ela vai deixar Vancouver perfeita. É o seu poder.

– Perfê – diz Tom. Ele observa ela abaixar-se. Ela coloca os sapatos de volta. Ele inclina-se com ela. O avião está a cento e vinte metros do chão. Tom encosta-se bem no ouvido dela. Noventa metros. Os passageiros agarram-se aos assentos. Respiram fundo. O nariz do avião empina. Tom passa a língua nos lábios. As rodas estão a trinta metros do chão. Tom sussurra no ouvido dela.

– O que deixaria este momento perfeito? – ele sussurra.

A Perfeccionista para. Ela vira a cabeça levemente na direção dele. Quinze metros. Tom sussurra de novo, ainda mais delicado, ainda mais silencioso.

– Perfê, o que deixaria este momento perfeito?

Ele encosta sua testa na dela. As testas se tocam. Sem fazer som, Tom apenas balbucia as palavras de novo "o que deixaria este momento perfeito?"

E ela enxerga-o.

SELEÇÕES DO

COMPÊNDIO DE SUPER-HERÓIS DA
GRANDE TORONTO

INTRODUÇÃO

Faz dez anos que Tom e a Perfeccionista aterrissaram tranquilamente em Vancouver. Nem acredito que já se passou tanto tempo. Aconteceu muita coisa, mas nada mudou. Tom e a Perfeccionista compraram uma casa. Tiveram dois filhos, um menino e uma menina. Conseguiram um emprego e incomodaram-se, discutiram e fizeram as pazes, ficaram mais perdidos, mais fortes, quem sabe um pouco mais sabidos. Mas a vida que eles levam, embora seja inquestionavelmente esquisita, na verdade é bem comum.

Neste apêndice, vamos retornar a Toronto e apresentar mais 32 dos 249 super-heróis que frequentam a cidade. Cada um desses super-heróis é especial mas normal, talentoso mas desajeitado, exultante mas triste, ao mesmo tempo extraordinário e comum.

Como você e como eu.

EX-COLEGAS DE QUARTO DA PERFECCIONISTA

A ARRUMA-CAMA

Desde que tinha dezesseis anos, a Arruma-Cama acorda todas as manhãs ao lado do homem que ama. Ela desperta-o com carinho. Ela espera ele descer para preparar o café. Ela põe as pernas para fora da cama, seus dedos tocam o chão gelado e, ao pôr-se de pé, a cama atrás de si instantaneamente se arruma. Os lençóis ficam limpos. Os travesseiros estão afofados e posicionados contra a cabeceira. O edredom fica bem esticado e todo tumulto, todo arrependimento, todo ressentimento e toda dúvida abandonam seu coração.

SRA. ESFARRAPADA

Quando a Sra. Esfarrapada dividia um apartamento de último andar em uma mansão na Palmerston Boulevard, hoje repartida em quatro apartamentos, ela atendia pelo nome Sra. Legal.

Hoje ela tem três filhos, de 8, 6 e 2 anos.

MÍNIMA DIFERENÇA

Já levou uma multa de trânsito e ficou pensando o que teria acontecido se você não tivesse parado para amarrar os sapatos? Como tudo seria diferente se você tivesse pegado o sinal verde? Ou se não houvesse decidido voltar para atender o telefone quando tocou? Mínima Diferença explica: não ia fazer a mínima diferença. Este é seu superpoder: ela lhe explica que não ia alterar nada.

CENTRO DAS ATENÇÕES

Existem várias coisas que a Centro das Atenções não faz direito. Na verdade, são pouquíssimas as situações em que ela age com naturalidade. Ela deixa o jantar queimar, ela é demitida porque não percebe os furtos no mercado e não sabe voar. A não ser que seu marido esteja lhe servindo um copo de vinho e falando de seu dia na cozinha, ou o chefe esteja na área procurando alguém para promover, ou o filho queira interpretar a cena do gibi que ele leu. Nestas situações, o assado vai se descolar do osso, ela sabe quem observar para pegar no ato, ela abre a janela do terceiro andar e lança-se confiante com o filho nas costas. A Centro das Atenções pode fazer de tudo, e melhor do que qualquer pessoa, desde que tenha a atenção que procura.

RELACIONAMENTOS DO HIPNO QUE NÃO DURARAM

A ALARMISTA

A Alarmista nasceu com o número da emergência na cabeça. A rota de fuga surge na sua mente assim que ela entra em qualquer prédio. Seu quarto do pânico é impenetrável, contém um grande estoque de sobrevivência e a cada três meses é testado para suportar qualquer crise imaginável, desde blecaute até meteoro, de invasor a explosão atômica. Ela se prepara para o pior: qualquer que seja o pior, quando quer que seja. Está constantemente frustrada, pois o pior nunca chega.

O MONSTRO DA INSEGURANÇA

Doris Thermen é uma menina mirradinha de 1,5 metro, 45 quilos, que às vezes se transforma numa criatura de mais de 2 metros, dentes pontiagudos, unhas afiadas e coberta de pelos laranja berrante. Conhecida como Monstro da Insegurança, sua metamorfose acontece sempre que alguém não lhe dá bola. A transformação, porém, é tão assustadora que ninguém consegue deixar de olhar para ela, o que faz o Monstro da Insegurança voltar a ser a mirradinha Doris Thermen.

A DOMA-RAPAZ

Seria um sistema absurdamente bem-sucedido de sugestões dissimuladas e sutis recompensas? Quem sabe a soma da proximidade prolongada com o desejo inconsciente? Talvez seja o peso de exigências impraticáveis e expectativas irreais? Ninguém sabe. O certo é que todo homem por quem a Doma-Rapaz se apaixona começa a ficar igual. Primeiro eles começam a vestir ternos bem cortados sem gravata. Aí o rosto começa a se transformar. O nariz fica mais comprido ou mais curto, os queixos afinam ou engrossam, os olhos se aproximam ou se separam. Aí a estatura diminui ou aumenta e, de repente, estão todos com a cara do pai dela.

ZÊNITE

Embora já fosse sexualmente ativa no fim do ensino médio, Zênite só foi descobrir seu superpoder quando estava na faculdade. Após o fim de um relacionamento de três anos, Zênite começou a transar com qualquer um e sua fama se espalhou. Não interessa o quão bom tenha sido o sexo que você já fez, ir pra cama com a Zênite sempre vai ser melhor. É o seu superpoder. E por isso que hoje ninguém transa com ela. Quem é que vai querer saber, em caráter definitivo e indubitável, que daqui pra frente só piora?

SUPER-HERÓIS EM QUEM A RELÓGIO DEU PÉ NA BUNDA

(MAS SÓ DEPOIS DOS TRÊS ANOS DE NAMORO)

O PULADOR

O Pulador pulou a bordo, à frente e direto para as conclusões. Ele pulou numa paixão e pulou do ruim para o pior ainda. Pulou trens, pulou de garota em garota e pulou carnaval. Não tem ninguém que consiga pular para ou de alguma coisa melhor que ele. É um poder equiparável apenas a seu fracasso em ficar tempo o bastante para realizar qualquer coisa.

PROTAGONISTA

Recusou-se a ser incluído neste compêndio.

ESPELHOOHLEPSE

Aconteceu pela primeira vez aos 26 anos, no encontro com Jessica Hawkins. Esse primeiro encontro lembrou-o de seu primeiríssimo encontro, com Angie McMurdy, dez anos antes. Três dias depois ele estava cortando o cabelo, e lembrou do corte de cabelo que fizera um mês antes. Naquela noite estava preparando um churrasco no quintal quando lembrou de um churrasco no quintal de Alana Burton.

Aí o gosto da cerveja lembrou-o do festival de *bluegrass*, ao qual tinha ido durante os tempos de universidade. Ir para a cama lembrou-o de ir para a cama na noite anterior. E foi aí que aconteceu: lembrar de ir para a cama na noite anterior lembrou-o de lembrar de lembrar-se do jantar de Natal de 1997.

Agora ele vive sentado numa cadeira, lembrando-se de momentos em que se lembrou de outros momentos.

SEMPRECERTO

Você já teve uma discussão na qual estava tão seguro de si e sabia sem sombra de dúvida que estava certo? Que grelhar a carne preserva o sabor? Que a Grande Muralha da China é o único empreendimento humano visível da Lua? Que morcegos são cegos? Mas aí você foi conferir na internet e descobriu que grelhar pode deixar a carne menos suculenta. Que os astronautas da Apolo disseram não ter visto nenhum objeto criado pelo homem fora a iluminação das cidades grandes. Que, embora os morcegos utilizem a ecolocalização como sentido primário, todas as espécies possuem olhos e são perfeitamente capazes de enxergar.

É bem provável que você esteja discutindo com Semprecerto, o homem com o poder de mudar o mundo para vencer discussões.

A PILHA DE NERVOS E SUA TURMA DE *LOOSERS*

A FILHA DE VÊNUS E SUA FORMA DE
LOUSES

O BURRO DE CARGA

O Burro de Carga é o primeiro a chegar no escritório e o último a sair. Quando você passa por ele no fim do dia, ele não ergue o olhar. Fins de semana, feriados e aniversários são passados sempre no serviço. Sua lealdade à empresa é inquestionável e insuperável. Mas ele nunca ganhou aumento nem promoção, pois os chefes acreditam que quem dá duro assim no serviço só pode ser incompetente e deve se sentir sortudo por ter emprego.

O TELEFALCATRUA

Sua arma é o telefone. É com o telefone que ele planeja almoço e cinema. Ele combina a data: "Quinta, quem sabe" ou "Ligo pra você na terça" ou "Semana que vem". Mas chega quinta e nada. Chega a terça, mas a ligação não. Chega a semana seguinte e não aconteceu nem almoço nem filme – só acontece de você notar que o Telefalcatrua atacou mais uma vez.

O FORÇADO

Ele consegue explicar coisas que aconteceram na sua vida de maneiras que você nunca havia imaginado, demonstrando sensatez e perspicácia, uma nova perspectiva que sozinho você não teria – mas só o consegue usando citações, personagens e cenas de *Star Wars*.

O MINIGIGANTE

O Minigigante tem 2,60 metros de altura. Ele atravessa meio lance de escadas com um passo, nunca perdeu o ônibus quando teve que correr atrás dele e pinta o teto sem usar escada. Ele é, porém, o menor de sua família. Tem três irmãos com mais de 2,75 metros. Ele estudou em um colégio especial para gigantes, no qual a altura média dos alunos era 2,86 metros. Sua casa foi construída especialmente para gigantes, mas para gigantes maiores do que ele. Embora ele não tenha de se agachar na sala nem se abaixar para passar na porta, tem de subir em uma cadeira para alcançar a prateleira de cima.

Por conta disso, o Minigigante considera-se baixinho, mesmo quando se curva para andar de metrô, ajuda gatos a descer de árvores ou compete pelo objeto de sua afeição.

SUPERCASAIS

O TERGIVERSADOR E TENRAZÃO!

O Tergiversador nasceu com o poder de ver qualquer tópico de toda perspectiva possível, de ponderar sobre cada opinião. Sua vida era uma série de fracassos, projetos inacabados e discussões prolongadas e desmoralizantes, principalmente consigo mesmo. Seu poder, enfim, deixa qualquer um deprimido. Ele não sabia o que fazer com sua habilidade, nem consigo, até conhecer Tenrazão.

Tenrazão nasceu com o poder de dizer sim para absolutamente tudo. Ela disse sim para o encontro, sim para as vontades dele e sim quando ele a pediu em casamento. Eles tiveram umas complicações, mas, quando ela disse sim sobre tomar todas as decisões, as coisas melhoraram muito e o Tergiversador finalmente ficou feliz.

DAQUIAPOUCO E VAMOSVER

Daquiapouco apaixonou-se por Vamosver. Todos os amigos tinham se casado, então eles também se casaram. Mas quando todos os amigos começaram a ter filhos, Daquiapouco e Vamosver decidiram que não queriam filhos. Não era pra eles. Daquiapouco acabara de ser promovido a sócio e a loja de vestidos de Vamosver finalmente começara a dar lucro. Eles estavam sem tempo, mas não sem dinheiro, por isso compraram uma casa de campo com oito hectares e estábulos, assim eles poderiam criar cavalos.

Na primeira noite na casa de campo eles fizeram amor com a devida precaução. Mas não foram precavidos o bastante. Na manhã seguinte, Vamosver já sabia. Ela apenas sabia. Era muito ridículo só saber, então ela esperou doze dias. Aí esperou mais sete dias. Aí comprou um teste. Trancou-se no banheiro. Fez xixi no teste. Aos poucos formou-se uma cruz azul. Ela ligou para Daquiapouco no escritório e se surpreendeu por ele ficar tão animado quanto ela. Onze meses depois, ela deu à luz cavalos gêmeos.

TODOLUGAR E CASEIRA

Todolugar era um homem cansado. Estava em toda *vernissage*, todo show da moda, todo lançamento de livro, fazia participação especial em todo filme independente que se filmava em Toronto e isso tudo deixava-o exausto. Mas ele não conseguia parar. Enquanto isso, Caseira começara a achar a si e sua vida meio que um tédio. Embora gostasse de passar a noite lendo no sofá, com musiquinha suave de fundo e uma taça de Cabernet suave, ela começou a sentir que precisava de algo mais. Eles se encontraram numa lavanderia, ficaram a fim um do outro e, para surpresa de ambos, dormiram juntos na mesma noite. Foi durante esse momento que os poderes de ambos se mesclaram, criando um equilíbrio perfeito que gerou o maior de todos os poderes: saber exatamente quando ficar em casa e quando sair.

Eles são, de longe, o casal de maior sucesso em Toronto.

DESILUDIDA E CAINAREAL

Debbie Wilson enfiou-se na mala do marido para ter certeza que ele estava indo aonde dizia que ia. Era meio apertado. Para dar espaço, ela tirou todas as roupas dele e as escondeu atrás da cama. Depois se dobrou toda até virar uma bolinha. Usou a unha do indicador direito para fechar o zíper por dentro. Manteve-se em silêncio enquanto ele a carregava até o táxi e guardava-a no porta-malas.

De início havia uma fresta de luz que entrava pelo espacinho onde ela não conseguira fechar o zíper. Aí o porta-malas se fechou e ela perdeu até essa luz. A escuridão era total. Era difícil saber que horas eram. Ela ficou sendo jogada para lá e para cá. Sentiu o peso de várias malas sobre si. Acabou caindo no sono. Quando acordou, sentiu que estava andando sobre uma esteira oval, aí foi puxada e soube que o marido a havia pegado.

Seguiu-se uma volta de carro. Ela foi levada até um quarto e solta no chão. Ouviu a porta fechar.

– Desculpe o atraso! – disse o marido.

– Você não se atrasou – disse uma voz feminina. A conversa continuou. Era íntima. Era óbvio o que se passava. Debbie queria abrir o zíper ali mesmo e confrontar o marido, confrontar os dois. Mas saber que o marido a estava traindo deixou-a fraca. Ela ficou no escuro, escutando, até ser obrigada a escutar tudo que havia para escutar. Esperou os dois tomarem banho e saírem do quarto e só aí abriu o zíper. Quando emergiu, não era mais Debbie Wilson. Ela havia se transformado em Desiludida.

A primeira coisa que Desiludida notou foi a outra mala. Presumiu que fosse da outra mulher. Ficou observando-a com ódio e aí o zíper desta começou a abrir. Desiludida viu uma mão. A mão era de um homem. A seguir veio um braço, depois o ombro e aí a cabeça e o rosto. O homem se levantou. Olhou para ela e depois olhou para a mala aberta do marido.

– Era sua mulher? – Desiludida perguntou.

– Por enquanto – disse o homem. Naquela manhã, quando ele havia se fechado na mala da esposa, seu nome era Brian Davidson. Ao olhar para Desiludida, ele soube que seu nome era CaiNaReal.

– Era o seu marido? – ele perguntou.

– Não por muito tempo.

Eles se olharam e identificaram alguma coisa. Talvez fossem só as circunstâncias de como se conheceram, mas acharam que não. Parecia ser algo mais profundo. Conversaram um pouco sobre as cidades onde haviam crescido, como eram seus pais. Deram as mãos um ao outro. Então sentaram-se à beira da cama e se beijaram. Não fizeram muito mais que isso. Não parecia necessário. Eles podiam guardar para depois. Com sabão, eles escreveram no espelho do banheiro:

Sabemos que é estranho, mas agradecemos sinceramente por terem nos unido.

Então saíram do quarto, de mãos dadas.

MELHORES AMIGOS DO ANFÍBIO, DEPOIS DE TOM

SR. ATRASADO

O Sr. Atrasado está sempre atrasado. Sempre. Você pode até mentir, dizer para ele chegar às 7h quando precisa dele às 7h30, mas Sr. Atrasado só vai chegar às 8h. Não há como vencer. Você vai ter que esperar. Vai ficar lá, esperando, e vai ficar tão entediado que vai ligar para sua mãe e isso de ter que matar tempo vai deixar você mais falante e você e sua mãe vão ter uma conexão que não tinham desde que você saiu de casa e foi pra faculdade. Ou você vai sentar num banco e, de repente, bem ao nível dos seus olhos, vai ver o cartaz de um bazar de garagem que vai acontecer a três casas da sua no próximo sábado, e aí você vai e acha aquele disco, aquele que você tinha quando era adolescente, aquele que você vem procurando faz anos. Você compra por 1 dólar e quando ouve você redescobre um lado de si que havia esquecido, uma versão mais querida, mais carinhosa, mais otimista de si mesmo. Este é o superpoder do Sr. Atrasado: ele sempre vai se atrasar, mas alguma coisa de muita importância vai acontecer com você enquanto espera. Mesmo assim, o atraso incomoda.

SORTE

Toda vez que o Sorte vai estacionar, uma vaga se abre bem na frente do prédio em que ele tem de entrar. Ele nunca paga estacionamento e nunca leva multa. Ele chega em qualquer restaurante exatamente na hora em que cancelaram a reserva da melhor mesa da casa. Seus voos nunca se atrasam, ele sempre trabalha melhor quando o chefe está por perto e casou-se com uma mulher cujo amor e compreensão são inesgotáveis.

Contudo, ele acredita piamente que todo mundo, ao nascer, ganha uma dose finita de sorte. Por isso, cada vez que lhe acontece algo de sorte, que é quase a cada minuto do dia, ele roga uma maldição, convencido de que está a mais um passo do fim da sua quota.

A MULHER INEVITÁVEL

Começou quando ela se ouviu dizendo frases estranhas, como dizer que o jantar era a "ceia" e dizer que os amigos gays eram "gente que vive às avessas". Aí seu guarda-roupa começou a se transformar: as bainhas ficaram mais compridas e os jeans subiram a cintura. Ela não suportava mais beber vinho barato e a noite de sexta-feira virou oportunidade de ficar em casa, assistir à TV e descansar. Pouco depois ela comprou um carro confiável com boa quilometragem/litro, olhou-se no espelho e descobriu que havia virado sua mãe.

A GRANDE ADEUS

Quem sabe você tenha conseguido um novo emprego, ou um divórcio, ou quem sabe a amizade chegou ao fim e você começou a andar em círculos sociais diferentes: seja o que for, a Grande Adeus já sabe. Ela vai apertar sua mão, olhar nos seus olhos e vai haver algo especial no jeito como ela o faz. O aperto de mão vai ser um pouco mais apertado que o normal, os olhos estarão meio marejados, ou a voz vai falhar só um pouquinho. Nada de muita importância – aliás, nada que você fosse notar. A não ser meses depois, quando lembrasse que era a última vez que havia visto a Grande Adeus.

SUPER-HERÓIS QUE O TOM GOSTARIA DE SER

SR. QUEBRA-GALHO

Embora seja totalmente inútil, o Sr. Quebra-Galho consegue dar um jeito em qualquer pessoa a qualquer momento. Ele pode precisar a causa exata da sua infelicidade e sugerir a solução perfeita. Ele vai olhar nos seus olhos, ver que o problema é a solidão, e dar o telefone de uma pessoa com quem você devia começar a sair hoje. Ele tem o contato de uma empresa que está precisando de alguém exatamente com seu perfil profissional. Ele conhece um curso de caratê em que você deveria matricular seu filho para ele melhorar a autoconfiança.

Mas ninguém vai aos encontros às escuras que ele marca. Ninguém se candidata aos empregos que ele recomenda. Os filhos acabam jogando futebol. Tudo isso levou o Sr. Quebra--Galho a concluir que, na verdade, ninguém quer resolver os problemas. Sem eles, acredita Sr. Quebra-Galho, ninguém teria ideia de quem realmente é.

AMANHÃ

Não importa o estresse da situação, não importa o tamanho da decisão, não importa o quanto ela esteja assolada pelo nervosismo, às 22h10 a Amanhã deita na cama e imediatamente cai no sono. Dormirá profundamente e sem interrupções. Às 7h15, ela vai acordar, se alongar e saber exatamente como agir.

ACASO

Se ele não estiver com pressa, o primeiro táxi que passar vai parar. Se ele não quer o emprego tanto assim, vai passar com tudo na entrevista e o cargo será dele. No dia em que ele está feliz por ser solteiro, ele se apaixona à primeira vista. O Acaso consegue qualquer coisa, e sem qualquer esforço, desde que ele não esteja muito a fim dessa coisa.

FIMDALINHA

Fimdalinha está sempre no fim da linha. Ela tem $78 na conta bancária. Seu único par de botas tem um buraco na sola esquerda. O cabelo dela, por mais que não cresça, está sempre precisando de corte. Não importa que ela saia cedo, sempre acontece alguma coisa – pneu furado, obras na pista – que faz com que ela chegue 15 minutos atrasada. E, mesmo assim, ela nunca deixa de pagar o aluguel, nunca fica sem gasolina e sempre dá um jeito de chegar. Embora tudo esteja sempre nas últimas, Fimdalinha é uma das poucas super-heroínas que é imbatível, e que para sempre será assim.

AGRADECIMENTOS

O autor gostaria de agradecer a:

Shirley Kaufman, Rolly Kaufman e Liz Kaufman pelas décadas de apoio e incentivo. Somos uma família tão nuclear que a gente brilha no escuro.

Zachariah Pickard, Suzanne Matczuk e, acima de tudo, Alana Wilcox, cujas ideias e sacadas brilhantes na edição deste livro foram tão precisas e sagazes que o leitor vai achar que foram minhas.

Allen Sherwood, Andy Pedersen, Tom Barkhouse, Stephanie Domet, Matt Tunnacliffe, Chris Boyce e todo mundo da DNTO, Rob McLaughlin e todo mundo da CBC Radio 3, Karrie North, Karen e Barry Miazga, Ian McInnis, Jason McBride, Sheila Heti, Nora Young e Marc Forrest pelo apoio durante este longo, longo, longo percurso.

E, é claro, a Marlo Miazga (o melhor nome de super-herói já inventado).

QUER SABER MAIS SOBRE A LEYA?

Fique por dentro de nossos títulos, autores e lançamentos.

Curta a página da LeYa no Facebook, faça seu cadastro na aba *mailing* e tenha acesso a conteúdo exclusivo de nossos livros, capítulos antecipados, promoções e sorteios.

A LeYa está presente também no Twitter e Google +

www.leya.com.br

facebook.com/leyabrasil

@leyabrasil

google.com/+LeYaBrasilSãoPaulo

Este livro foi composto em
Minion Pro para a Leya
e impresso em Março de 2014